U0047963

新詩三百首

百年新編

台灣篇 2

張默　蕭蕭　主編

目錄

卷三　台灣篇2（一九二三——二〇一七）

鍾　玲（一九四五——）

蘇小小

「我乘油壁車，郎乘青驄馬。何處結同心？西陵松柏下。」
——蘇小小歌

我的眼角起霧了
因思念你而朦朧
推開青綠的石門
翩然立在松樹下
幽蘭眼望穿驛道
等你跨青驄馬歸來
你終究會趕到的
一下馬，就偎你懷中

看，湖上垂著層層薄紗
讓我們隱身湖心
你是風，我是煙
在白紗帳裡繾綣

我清歌一囀
癡狂了多少吳楚名士
我的纖纖舞腰
風靡了錢塘嘉興
可是唯有你眼中的瀲灩
令千鍾不醉的我沉醉
你的低語如轆轤
汲起我心井深處的真情

苔封的石門緊閉
驛道寂寂、不聞馬嘶
只聽見雨腳踏著輕塵

水波如珮叩著堤岸
隔壁的蚯蚓翻土鋪床
我剪下牆上新垂的樹根
再編一個同心結給你

附註：1.〈吳地記〉中說蘇小小是晉時妓，〈樂府廣題〉說她是錢塘名娼，南齊人。因此如果蘇小小真有其人，不知是東晉時人（三一七—四二〇）或南齊時人（四八〇—五三〇）。也許有兩個蘇小小。《古樂府》有「蘇小小歌」。

2.〈吳地記〉中說，蘇小小的墓在嘉興縣前。另有一說她的墓在西湖畔。

3.歷代歌詠蘇小小的詩很多，白居易、李商隱、溫庭筠都為她寫過詩。李賀的詩〈蘇小小墓〉如下：幽蘭露、如啼眼，無物結同心，煙花不堪剪。草如茵，松如蓋。風為裳，水為珮。油壁車，夕相待。冷翠燭，勞光彩。西陵下，風吹雨。

・一九八四年六月初稿・一九八八年六月修正

鑑評

鍾玲，廣州市人，一九四五年四月二十六日生，東海大學外文系畢業，美國威斯康辛大學比較文學博士，曾任教紐約州立大學、香港大學、高雄中山大學。著有詩集《芬芳的海》，評論集《現代中國繆司——台灣女詩人作品析論》。

鍾玲早年曾為「星座詩社」同仁，寫詩、小說、評論，並從事翻譯、電影編劇、研究玉石等工作。

張默曾以為鍾玲的詩的特色「不僅是氣氛、聲調、意象、語言，她都能把它們揉和在一起，使其達至水乳交融的境地。」（見《無塵的鏡子》第一七二頁）。張默說鍾玲懂得利用中國古典詩的情韻與西洋詩的技巧，鍾玲在所著《現代中國繆司》書中，將自己列入「回歸古典世界」的詩人群中，與藍菱、淡瑩同列，也認為自己受傳統婉約風格的影響。

余光中以〈從冰湖到暖海〉為題，序《芬芳的海》，稱揚鍾玲「是一位氣質浪漫的短篇抒情詩人，所抒的情有濃烈的感性，且以兩性之愛為主。」說她的情詩「大半暗示多於明言，卻遮掩不住愛的惶惑、不安與矛盾，其情緒則迷離而崇人，給讀者的印象，與其說是享受，不如說是難題。」

〈蘇小小〉是她在一九八四至八六年間所寫的十首〈美人圖〉之一，以第一人稱的手法來吐露她們的心事，劉介民說她「善於選擇富戲劇性的特定時空，作一首詩的場景」（見《現代中國繆司》五十五頁），〈蘇小小〉選擇〈蘇小小歌〉裡的「何處結同心？西陵松柏下」為其場景，更逼其情之真。香港女詩人及評論家洛楓說：「〈美人圖〉體現她出入歷史、神話、傳說、民間故事之間的矛盾與掙扎，古代美人的形貌、意態、心理狀況，或多或少都帶有作者主觀印象的色彩，從而流露出她戀慕遠古的情意。」（見《中華日報》一九八八年十二月二十三日，洛楓〈向遠古：試評鍾玲美人圖的女性意識〉）。蘇小小，一個錢塘名妓，依然可以有她的私愛與情慾，這才是真實的人生，真正的人性，鍾玲此詩正以此為其意旨。

蕭　蕭（一九四七——）

紅塵荒野

所有的腳印隨著風
所有的風隨著記憶
所有的記憶都像過往的腳印迎向一陣風
虎虎而過
——留下我
二十個世紀過去了
茹毛飲血的腥味淡了
粗獷的歌聲遠了
腳步齊了
虎虎而過
——紅塵裡留下我

他們都要去追逐什麼，掠食為何，攫捕怎樣
留一個無可如何在我雙手
　——留下我
不是樹被砍走了就無所謂森林
（我們在水泥森林裡）
不是昆蟲被驅離了就無所謂唧嗚
（我們在耳鳴腦鳴的車陣裡）
不是沼澤被填平了就無所謂橫／絕／割／斷
（我們在冷／漠裡）
不是你，就是我
只容許留一個（頂多是）
影子
荒野一直在擴大，人一直在減縮
　——留下我，一個活口——一個藉口

鑑評

蕭蕭，本名蕭水順，台灣彰化人，一九四七年七月二十七日生，輔仁大學中文系畢業，師範大學國文研究所碩士，曾參加《龍族》詩社、《詩人季刊》主編《台灣詩學》季刊同仁，現任明道大學中文系講座教授兼人文學院院長。曾獲青年作協文學獎，新聞局圖書金鼎獎，《創世紀》創刊二十周年詩評論獎，一九八八年詩運獎。著有詩集《悲涼》、《毫末天地》；詩評論集《鏡中鏡》、《燈下燈》、《現代詩學》、《青少年詩話》、《現代詩縱橫觀》、《天風落款的地方》；編有《現代詩導讀》、《現代詩入門》、《七十二年詩選》、《中華現代文學大系》評論卷等。

蕭蕭創作年代甚早，一九六三年六月購得洛夫詩集《靈河》，初識現代詩，同年十一月處女詩作發表在桓夫主編的《詩展望》（民聲日報）上，一九六五年進入輔仁大學中文系，瘋狂閱讀並背誦現代詩，從此以後，創作、評論雙管齊下，如江河之滔滔，一發不可收拾。由於作者在詩評論上下的工夫最深，被譽為是目前台灣最活躍最多產的詩評家之一，從而他在詩創作上的成績顯然已退至第二線。但據筆者詳加檢視，蕭蕭的詩作確然另創新意，別有丘壑，他的語言典雅流麗，意象深沉豪邁，節奏緩急有序，視野開闊明澄，充滿對生命、文化、歷史遠景的關注、擁抱與透視。

多年來，蕭蕭一直為建立台灣現代詩的新形象而努力。然而什麼才是現代詩的新形象呢？借用作者的觀點則是：「首先必須恢復傳統中詩的真正本質，把握這種環繞人與物的感性，把握表達這種感情的物與我的關係，能深入於人與物之中，從而以自然的形象，自我的形象，建立現代詩的新形象，是清新的，可喜的，令人易於親近的。」只有這樣的現代詩，潺潺流動如山泉，一直活在群眾生命的聲息裡，才能閃耀它嶄新的光輝。

〈紅塵荒野〉刊於一九九五年三月《台灣詩學》季刊第十期。詩人深深感嘆活在二十世紀的現代人，是愈來愈孤獨了，愈來愈陌生了，咱們每天在水泥森林裡面壁，在耳鳴腦鳴的車陣裡衝刺，古代遠去了，茹毛飲血的腥味淡了，但是咱們不悉為何追逐、掠食與攫捕的意義？本詩鋪陳的人與世紀對立與荒涼的景象，令人駭異。（張默執筆）

李敏勇（一九四七——）

底片的世界

關上門窗
拉上簾幕
我們拒絕一切破壞性的光源
在暗房裡
小心翼翼地
打開相機匣子
取出底片
它拍攝我們生的風景
從顯像到隱像
它記錄我們死的現實
從經驗到想像

我們小心翼翼地
把底片放進顯影藥水
以便明晰一切
它描繪我們生的歡愉
以相反的形式
它反映我們死的憂傷
以黯澹的色調
直到一切彰顯
我們才把底片取出
放進定影藥水
它負荷我們生的愛
以特殊的符號
它承載我們死的恨
以複雜的構成
這時候
我們釋放所有的警覺
把底片放入清水

以便洗滌一切汙穢
過濾一切雜質
純純粹粹把握證據
在歷史的檔案
追憶我們的時代

鑑評

李敏勇，屏東縣恆春人，一九四七年十一月二十日生於高雄。中興大學歷史系畢業，早年以傅敏、李溟為筆名，曾擔任教師、記者、企畫等工作，主編過《笠》詩刊，擔任過《台灣文藝》社長，「台灣筆會」會長。一九九〇年獲巫永福評論獎，一九九二年獲吳濁流新詩獎。著有詩集《雲的語言》、《暗房》、《鎮魂歌》、《野生思考》、《戒嚴風景》、《傾斜的島》、《心的奏鳴曲》、《美麗島詩歌》、《一個人孤獨行走》等。

《混聲合唱》編者說：「他的詩以抒情性和現實性為主要基調，前者洋溢著哀愁與美，後者則有強烈的批判精神。」

李敏勇自述其詩觀：

「世界的峰頂／飄揚著我的憧憬／世界的窪地／埋沒著我的鄉愁／遼敻的空間／張架著我的語言／綿遠的時間／流動著我的思想　腐敗的土壤／孕育著我的生／燦爛的花容／潛伏著我的

死」（李敏勇作品：〈詩〉，《笠》四十一期，一九七一年）。

「詩的精神是赤裸的女體，形式是衣裳。不僅為了展示衣裳，而是渴望有人進入。徒有形式，詩是不成立的。為了怕羞，詩披上適身的衣裳。」（《笠》四十三期「笠下影」，一九七一年）。

「我的詩，是我的現象學，也是我的冥想錄。現實——在我的世界，既是攝影機鏡頭能捕捉得到的事象，也有從腦髓思考出來的花朵，融合經驗與想像力的結晶，是我的憧憬。」（《美麗島詩集》李敏勇詩觀，一九七九年）。

可以看出來，李敏勇喜歡設置兩極對立的情境（「腐敗的土壤之於生」，相對於「燦爛的花容之於死」；「女體」與「衣裳」；「現象」與「冥思」），而後從其中探索「中和」的可能，〈底片的世界〉這首詩最足以代表這種詩觀，實物↓底片↓照片，底片所擔負的是一個徹底顛覆的手段，黑與白截然相對，生死愛恨都處在相反的位置，生之時是靜態的風景，死之時卻是繁複的現實，顯影了「生的歡愉」卻是「以相反的形式」，反映了「死的憂傷」，依然「以黯澹的色調」。李敏勇以此詩表達真理、公義之不能彰顯，黑與白往往倒置，很多真相就像底片一樣永遠不見天日。李敏勇另一首詩〈暗房〉說：「真理／以相反的形式存在著」，正可與此相發明。

李魁賢說他是：循著表現主義發展，帶有理想主義傾向（見《戒嚴風景》九十六頁）。〈底片的世界〉不就帶著鑽求真相、保存歷史的理想主義色彩，卻又寄寓在底片的顯影與定影之際，依循表現主義去轉化、渲染、擴大。近數年來，李敏勇積極投入政治現實，參與文化改革，或許也可以用這兩句話解讀他。陳明台則另以兩句話說明他的詩：李氏的詩的構成的縱座標是思想性與現實性的配合，李氏的詩的構成的橫座標是故事性和虛構性的配合（見《鎮魂歌》九十五頁）。因此，更證明李敏勇其人其詩之以兩極追求太極，連其同社詩友之論也以兩極（表現與理想，縱與橫）之說去描繪他。

蔣　勳（一九四七——）

南朝的時候
——致李煜

南朝的時候
我打此經過
寫了幾首詩
和女子調笑
他們戲稱我為
帝王

歷史要數說我
亡國的罪愆
但是

我的罪
何止亡國？

我來
是看繁華幻滅
看你
是否美麗
一如往昔

當北方軍隊
到了城下
每一名女子
都掩袖哭泣

我換了白色素服
敵人說
時間倉促

我一直走到
祖宗的墳前
匆匆一叩首
匆匆
向北而去

這次
我來尋找
燒剩的詩稿
灰燼中
可以辨認的
只有一個字
記起那次
轉世
便又淚如泉湧了

鑑評

蔣勳，福建長樂人，一九四七年十一月二十八日生。文化大學藝術研究所、法國巴黎大學藝術研究所畢業，曾任東海大學美術系主任。曾獲中國時報新詩類推薦獎及散文推薦獎。著有詩集《少年中國》、《母親》、《多情應笑我》、《來日方長》等。

「開始寫詩，是在十四、五歲的時候。」蔣勳自述寫詩的經過這樣表白，跟一般文藝青年沒有不同，但在進入大學之後卻停止寫詩，直到一九七四年夏天，那時他到法國研習西洋美術史已經兩年，承受著雙重鄉愁（大陸和台灣），這矛盾莫名的鄉愁成了再次寫詩的重要主題。蔣勳認為：「一個詩的工作者，不可能無視於中國自己豐富的詩歌遺產，毫不為這些優秀的技巧動容。」蔣勳的詩頗為重視韻腳，因為他相信「做為一種精煉的文體，詩，應該逐步找到它新的完美的形式，用韻應該是這個形式中重要的一環。」（見《少年中國》後記）。

對現代詩一向持有相當偏見的陳映真（筆名許南村），獨獨喜歡吳晟與蔣勳，他說：從極端「現代主義」的自我解放出來的蔣勳，在作品中有人的生活；有生活中的人；有社會和國家，有世界，有愛，有忿怒，有極小的個人的情思，也有家園百年之憂，蔣勳可以用詩去傾訴，去高歌，去低泣，說一個動聽的故事，也可以發為風發的議論，或真摯的諷刺。（見《少年中國》序：試論蔣勳的詩）。

在鄉土文學論戰之初，蔣勳確實有陳映真所說的特質，收集在《少年中國》和《母親》兩本作品中。但在一九八二年之後的十年間，蔣勳放棄了高亢的音調，控訴的熱切，轉而為藝術生命的塑造，再度成為耽於美的藝術評論者，創作「寂寞是最後一種繁華」如此唯美而又專注於神思的佳句。《多情應笑我》就可以看出這種以詩與人溝通的美意。

〈南朝的時候——致李煜〉，蔣勳幻化為可以一轉世再轉世的李後主，使情意可以無止盡地延續，這當然有其虛構與想像之作用，也可視為蔣勳多情的生命之外爍，是投射作用的盡情發揮。如此反觀《少年中國》時代的蔣勳風格，或許也可視為少年時代的一種浪漫吧！

羅　青（一九四八——）

吃西瓜的六種方法

第五種　西瓜的血統

沒人會誤認西瓜為隕石
西瓜星星，是完全不相干的
然我們卻不能否認地球是，星的一種
故也就難以否認，西瓜具有
星星的血統

因為，西瓜和地球不止是有
父母子女的關係，而且還有
兄弟姐妹的感情——那感情

就好像月亮跟太陽太陽跟我們我們跟月亮的
一，樣

第四種　西瓜的籍貫

我們住在地球外面，顯然
顯然，他們住在西瓜裡面
我們東奔西走，死皮賴臉
想住在外面，把光明消化成黑暗
包裹我們，包裹冰冷而渴求溫暖的我們

他們禪坐不動，專心一意
在裡面，把黑暗塑成具體而冷靜的熱情
不斷求自我充實，自我發展
而我們終就免不了，要被趕入地球裡面
而他們遲早也會，衝刺到西瓜外面

第三種　西瓜的哲學

西瓜的哲學史
比地球短，比我們長
非禮勿視勿聽勿言，勿為——
而治的西瓜與西瓜
老死不相往來

不羨慕卵石，不輕視雞蛋
非胎生非卵生的西瓜
亦能明白死裡求生的道理
所以，西瓜不怕侵略，更不懼
死亡

第二種　西瓜的版圖

如果我們敲破了一個西瓜
那可能是為了，嫉妒

敲破西瓜就等於敲碎一個圓圓的夜
就等於敲落了所有的，星，星
敲爛了一個完整的，宇宙

而其結果，卻總使我們更加
嫉妒，因為這樣一來
隕石和瓜子的關係，瓜子和宇宙的交情
又將會更清楚，更尖銳的
重新撞入我們的，版圖

第一種　吃了再說

臨池偶得

自墨綠墨綠的池底
佳句如紅魚

悄悄悄悄的
浮現

忽的轉身

又靜靜沉入我
幽深的心底

不明飛行物來了

不明飛行物來了
就在高速公路的那一邊
非星、非燈、非螢、非火
非任何已知物體的不明飛行物
是一種非正式的未知警告

警告全世界的人類
千萬要善用知識與智慧
去重新研究了解
宇宙中萬千物質之間
非物質的關係

鑑評

羅青，本名羅青哲，湖南湘潭人，一九四八年生。輔仁大學英文系畢業，美國華盛頓大學比較文學碩士，曾任輔大教授、國立師範大學英語系教授。著有詩集《吃西瓜的方法》、《神州豪俠傳》、《捉賊記》、《隱形藝術家》、《水稻之歌》、《不明飛行物來了》、《螢火蟲》、《我發明了一種藥》、《錄影詩學》、《吃西瓜的方式》等。

余光中曾稱譽羅青為「新現代詩的起點」，在現代詩的發展史上，羅青迭有創意，永遠在開創新的紀元，在《八十年代詩選》中，羅青自述詩觀也說：「詩人，對自己的一首詩來說，追求的是完整，對自己所有的詩來說，追求的是多變。一個詩人可以有各種不同的風格，應該有各種不同的風格。風格上的變化多端，應是詩人畢生所追求的目標。」因此，一九七五年五月，羅青與李男等人創辦《草根》詩刊，他發表〈草根宣言〉，一九八五年二月《草根》復刊，他發表

〈專精與秩序——草根宣言第二號〉，詩刊發行而有理論支持者，台灣詩壇並不多見。羅青詩與理論同時並進，八〇年代中期，〈錄影詩學宣言〉，〈天淨沙〉、〈野渡無人舟自橫〉的詩例一出，〈錄影詩學的理論基礎〉也同時發表，劍及履及，蔚為大觀，在台灣，能以自己的詩見證自己的論，能以自己的論支持自己的詩，唯葉維廉與羅青而已。

八〇年代後期，羅青全力介紹後現代主義，分析後現代狀況在台灣出現的面貌，輯成《什麼是後現代主義》（一九八九年）一書，為台灣的後現代詩人適時提供了全面性的認識，與理論的支持。稍後，葉維廉的《解讀現代．後現代》（一九九二年）出版，「後現代主義」才免於重蹈「超現實主義」的覆轍，台灣詩人不必在一知半解中摸索前進，再一次驗證羅青詩與論兼擅，才與學俱優！

選羅青詩作，必定不會漏掉〈吃西瓜的六種方法〉，此詩在台灣詩壇前所未有，仿學亦難。題目上說是「吃」西瓜的「方法」，然而沒有一種「方法」顯示「吃」的動作，此為一疑；題目上說是「六種」方法，不過，怎麼算都只有五種，此又一疑；第五種先說，第一種殿後，何以如此？又是一疑；第一種，吃了再說，有目無辭，豈能無疑？全詩邏輯不合，詭辯連連，如：「我們不能否認地球是星的一種，故也就難以否認西瓜具有星星的血統」，是耶非耶？處處可疑。所有可疑之處，也就是可思之處；所有無意義的地方，卻也是可以生出新意義的地方。

羅青的詩，余光中譽之為「新現代詩的起點」；羅青的畫，也有論者據此而譽之為「新文人畫的起點」。〈臨池偶得〉寫靈感之來，鮮豔無比，倏忽來，倏忽去。此「池」可以是水池，也可以是墨池，以羅青水墨畫之創意而言，臨墨池而得佳構，最是合理。不明飛行物與外星人，一九九五年又成全世界熱門話題，羅青則在十多年前即以此入詩入畫，科幻之中不離人性，羅青的詩總是走在眾人之先，創意十足，令人沉思。

陳明台（一九四八——）

手的觸覺

把纖柔的手
沉浸過肉體深處的一雙手
狠狠割捨了
劇烈的痛楚之後
擱置在遙遠不可企及的地方

撫觸過的部位
以及
切斷的位置
留下突起的紅腫

時時隱隱作痛
始終不曾消褪
手的觸覺哪
在寒冷的清晨
在憶念的黃昏
如同驟然被風吹開的窗簾的
敲擊
輕巧地撫摸我
那是　被封閉住的心上的
癢

鑑　評

陳明台，台中豐原人，一九四八年一月二十二日生。文化大學歷史系、歷史研究所畢業。一九七四年赴日留學，修畢日本筑波大學歷史人類學博士課程，曾任教淡江大學日文系。一九九一年獲巫永福評論獎。著有詩集《孤獨的位置》、《遙遠的鄉愁》、《風景畫》等。

大學時代，陳明台受到父親陳千武、母舅杜國清的雙重影響，開始寫作現代詩，並與大學詩友林鋒雄等人創辦「華岡詩社」，出版詩刊。一九六七年加入「笠詩社」後，又與詩社同輩詩友拾虹、鄭炯明、李敏勇長久在詩的追求上互相切磋、互相激盪，更加有所精進。拾虹曾以為此四人詩的風格發展，暗合四季風情，拾虹的詩有春的明豔多彩，鄭炯明則多夏之明快亮利，李敏勇屬色彩鮮麗、魅力十足的秋，陳明台則不免有冬冷蕭瑟之氣，在蒼茫中顯出勁力。

陳明台自己則持這樣的詩觀：

「詩的投影實在是對全存在的投影，詩存在於我們自身內部，現代生活的內部，詩人不該持有從現實逃亡的姿勢。」

「詩是一種精神史，個人的精神史的紀錄與呈現，而當個人的精神史能夠轉化為時空的精神時，詩才產生最大的意味。」

詩的心理學與詩的社會學，在他的詩觀中逐漸成形，寫詩者不僅要了解自我，了解生活，面對現實，面對社會，而且要以自我的心神與時空之精神相互往來。

詩，通常以聲與色取勝，重視圖畫的視覺美、聲律的聽覺美，很多人往往忽略了詩也可以和其他藝術共同存在著美。陳明台〈手的觸覺〉即是離聲色而就觸覺，又過渡到抽象的手的存在。最後結語於一個「癢」字，與觸覺二字相互呼應。手因觸而覺的感官開放效果，傷口因痛而成了記憶深處的疤，都以觸覺為重，十分特殊的經驗。在《風景畫》這本類似自選集的詩冊中，陳明台另有《觸覺之外》、《列車的觸覺》等詩，可以證明陳明台勇於開放不同的感覺器官，靈敏地觸摸這個世界的風向與溫度。

鄭炯明（一九四八——）

蕃薯

狠狠地
把我從溫暖的土裡
連根挖起
說是給我自由

然後拿去烤
拿去油炸
拿去烈日下晒
拿去煮成一碗一碗
香噴噴的稀飯

吃掉了我最營養的部分
還把我貧血的葉子倒給豬吃

對於這些
從前我都忍耐著
只暗暗怨嘆自己的命運
唉，誰讓我是一條蕃薯
人見人愛的蕃薯

但現在不行了
從今天開始
我不再沉默
我要站出來說話
以蕃薯的立場說話
不管你願不願聽

我要說

對著廣闊的田野大聲說
請不要那樣對待我啊
我是無辜的
我沒有罪！

鑑評

鄭炯明，台南佳里人，一九四八年八月六日生於高雄市，中山醫學院醫科畢業。曾任高雄市立大同醫院內科主治醫師，目前自行開設診所。一九六八年加入「笠詩社」，一九八二年獲笠詩刊創作獎，次年獲吳濁流新詩獎。著有詩集《歸途》、《悲劇的想像》、《蕃薯之歌》、《最後的戀歌》等。

《混聲合唱》如此評述這位醫師詩人：

「鄭炯明的詩基本上是台灣知識分子內心的反省。他的詩蘊含濃厚的人道主義精神，充分反映了台灣的現實，也包含了詩人對悲苦人世的關愛，對鄉土的擁抱，同時對現實社會的不公不義予以嚴厲的諷諫。」

台灣耆宿葉石濤以「冷的火」來形容他對鄭炯明詩的印象，頗為切當。陳千武則認為：「鄭炯明的詩的兩大支柱，一是新的存在論，一是濃厚的人道主義精神，兩者互相配合，表現他內在的邏輯性的心象。」（見《最後的戀歌》附錄）。可以看出鄭炯明詩的評價在於熾熱的淑世之心，這樣的淑世之心也表現在他對台灣文學的整體性關懷，曾兩度彙聚南部文學界的人才、財力，出版《文學界》（一九八二年創刊）、《文學台灣》（一九九一年創刊）兩種雜誌，影響深遠。

〈蕃薯〉一詩可以作為台灣人自覺的宣言，文字相當平白適合鄉野氣息，「蕃薯」近年來已經成為台灣人的一個新圖騰。就詩而言，直抒胸臆也是一種表達的方法，鄭炯明的詩篇大抵如此，就內涵而言，蕃薯的立場都是他所堅持的，鄭炯明的圖騰大抵亦復如此。

沙穗（一九四八——）

失業

當太陽升起的時候
母親我便在您眼中
跟著升起　但我既非日月
也非星辰　我只是您眼中升起
的一顆淚

在溼冷的車廂裡
只有母親塞在我夾克中的
一枚烙餅是熱的　也只有
這枚烙餅睡得著
我是山線

還是海線？

太陽由可口可樂的
瓶中爬出來
早安　陌生的太陽
陌生的車站陌生的噴水池
以及陌生的我

陌生的我卻對飢餓很熟悉
因為在烙餅之後
它一直伴著我
且對我很親切

我能夠去哪裡？
去問聯合報和中國時報
車床平車拷克還是ＡＥ？
沒有背景的露背裝

在櫥窗之外

我把飢餓摟得很緊
在西門町總得有樣東西摟著
才不像南部來的

即使摟自己影子

經過請大家告訴大家
我走累了飢餓也累了
但大家知道嗎？
生生皮鞋一千種樣子
沒一種樣子像我

因為我不流行
但我是流動的
太陽由可口可樂瓶中爬出來

我卻想爬進去　爬進去
要花十二塊錢

入夜之後
台北沒有我　但我確實
是在台北　這很虛無
自從想起母親的那枚烙餅
我便發現我既非日月
也非星辰我只是
一顆淚

華燈初上
我必定會回到母親的眼裡

鑑評

沙穗，本名黃志廣，廣東省東莞縣人，一九四八年九月三十日生於上海市，空軍通信電子學校畢業，曾任台灣屏東監獄政風室主任。曾與連水淼、張堃等共同創辦《暴風雨》詩刊。

一九八四年十月，以〈失業〉、〈獻給父親的詩〉系列獲得《創世紀》詩雜誌創刊三十周年詩創作獎。著有詩集《風砂》、《燕姬》、《護城河》，另有散文集《小蝶》等。

沙穗詩創作生活始於六〇年代末期，他是一個真誠的人，所以他的詩，是用生命的血漿去噴灑，不論是寫給燕姬的「定情詩」，或是暴露社會問題的「失業詩」，還是充滿無我無私的「鄉情詩」，作者均以平易親切的語言，真摯高雅的情操，樸實感人的筆觸，去抒寫呈現他詩中的風景。沙穗曾在《八十年代詩選》中透露他的理念：「如果一定要我回答詩是什麼？我就說詩是情緒，是透過文字把情緒表達出來的一種技巧。所以說一個『人』只要能把情緒昇華為詩就是『詩人』。」沙穗的詩一直展現今天這種直接切入、主題明確、節奏輕快的風貌，大概與他上面所說的話不無關聯。張堃在〈抒情世界的新領主〉（簡介沙穗的詩）一文中曾剴切地宣稱：「沙穗是今日台灣詩壇最為迷人的聲音之一，他的詩充滿了美和愛，浮汎了優美而真誠的抒情風格。不論其結構組織，意象經營，甚至通篇氣氛的感染力，都經過妥貼、適切而有效的處理，以期達到完美的表現目的」。〈失業〉初刊於《創世紀》詩刊第三十八期，一九七四年十月出版，頗引起當時詩壇的注目。尤其和〈歸鄉〉、〈賣麵〉屬同一素材的詩作，以最生活化的語言，自嘲的口吻，寫個人顛沛流離的窘境，讀來令人鼻酸。張漢良在《現代詩導讀》第三冊指出：「本詩語言精簡，但甚具張力。作者成功地使用廣告用語，不但寫實、逼真，產生時空的即臨感，更重要的是，廣告用語與詩語言本來不相容，經過作者的扭曲之後，反而產生很大的張力與反諷效果。」像這樣以個人經驗出發為經，以掘發社會問題為緯的詩，儘管經過不同層次的閱讀和註釋，依然是現代詩壇不容忽視的最最動聽的聲音。

翔翎（一九四八——）

驚心二式

一

上燈以後
所謂消遣
常是靜坐向東的窗口
看月如何升起
攀住一角枯枝

那時正是十五
我們爭辯著陰曆、陽曆
以及下雪一事

直到月色侵入袖口
直到月色漫上耳梢
（且不再褪去）
我年少驚心的愛
彷彿也如月色
逐日霑上髮際

我只好掩簾垂首
反身卻見
明月一般的夜自鏡中升起

二

歲暮之時
驚心最是
來年無端的新歲

彷彿中夜臨窗
雪色月光
驟然湧向你的雙鬢

中年以後
最怕應是照鏡
一次一度驚心

而舊日也往往
深淺地縱橫於額際眉心
至於那筆最深的
據說應是
你年少驚心的往事

鑑評

翔翎，本名李慶瑞，山東陽穀人，一九四八年生，中國文化大學英文研究所畢業，曾赴美國愛荷華大學國際作家工作坊研究，獲藝術碩士學位，曾在國立中興大學外文系任教，《大地》詩社同仁，現旅居美國。

一九八一年爾雅版的《剪成碧玉葉層層》，是台灣第一部現代女詩人選集，收錄她的詩作〈照鏡〉等五首，筆者對她的評語是：「翔翎的內心世界是熱熾的，她的觸覺是犀利的，閨秀派每每喜歡吟詠自己最隱祕的感情，可是當她們從千絲萬縷的愁緒中奔出，以詩的形式呈現，她的眼裡自有另一種山水，以及丘壑。」她的〈歲暮一則〉，被鍾玲譽為「台灣現代婉約派之正宗」，同時鍾玲更在《現代中國繆司》（台灣女詩人作品析論）「抒情的清音」一節中指出：「在台灣眾女詩人之中，翔翎善於融化典雅詞語入順流之白話文，其不著痕跡，可說無出其右者。她常以四字一行，有典重之風，又常用典雅的四字詞，更能巧用虛詞，化成語為白話，……在她詩中，女子對鏡與十五月圓，也是常出現的主要意象。這些意象令讀者易於聯想古典詩詞中常出現的類似主題，大大豐富了翔翎詩的內涵。」因而也有人讚她「為意象梳頭」，不無道理。

翔翎的感覺敏銳，往往能於一剎間攫住她要呈現的意象，〈驚心二式〉堪為代表。譬如第一首從上燈時分，作者在窗口看月亮緩緩上升，而展開一連串對少年往事迤邐情景之回憶，由月色先侵入袖口，再漫上耳梢，最後霑上髮際，以如此漸漸增高的景象，婉轉敘說那一段永不復返如鏡花水月的情愛，令人淒惻。而第二首中的「中年以後，最怕應是照鏡，一次一度驚心」，作者對光陰快速流逝的傷感，除了驚心，還是驚心。

龔華（一九四八——）

月台

——寫給父親

當火車駛離
你靜靜待在月台上
目光卻牢牢黏住北上的車窗
以致視網膜險遭剝落

我揮手示意要你回去
你卻以守護神之姿與小鎮站牌比鄰
風中擠出的笑容瘦成心靈的獨白
皺紋裡壓縮著平原上每一個季節的憂心
坐骨神經的疼痛沿著階梯蔓延

你撐著腰
為再一次站上月台而使著力

月台票在膝上顫抖出一種淒然的韻律
音符清晰如年少時的指紋
那是歲月賜給你唯一的仁慈
你依然握筆
以握了半世紀的手捺下心曲

而帽沿下的微弱視力是否看得清
小鎮車站戳上的時間烙痕　以及
翻新月台下
埋葬的無數漸次增長的腳印？

汽笛聲轉瞬間化為古老
你卻仍然囫圇在那場驚嚇的慌亂中
那一年夏天的燠熱煎熟了年輕飽滿的額頭

我在迷失的路口看到心焦如焚的你

從此你眺望每一次火車進站又目送火車駛離
我卻竊視你身上一次又一次的歲月紋身
灌滿寒風的外衣怎也無法豐潤你的影子
越拉越長的鐵軌將你的身軀越牽越小

當春寒的詩句典藏著向老站長敬禮的手勢
滑過月台的每一片斜影如利刃般切割女兒的心
車窗裡我敲打著溼漉漉的水珠
嘶喊著平原上消逝的每一個黃昏

・原載二〇〇三年三月二十七日《中央日報・副刊》

勳章

她們努力穿針
在溝渠裡　在烈陽下
她們縫補最後一面晚霞
映照鏡子裡的歲月

她們輕踏尋訪
在城市　在鄉間
她們仔細分辨雨聲
聽誰新誰舊

她們認真排演
在台前　在幕後
她們牽著舞台簾幕一角

不讓它垂落

她們仔細撿拾
在花床　在陽台
她們將一片片凋零鑲回枝椏
作為埋葬花瓣的儀式

在診間
無法抗拒閹割
她們回到枕邊
依舊探索著愛情
把霜雪當眼淚
她們卸下層層衣裳
擦亮啼痕深處塵煙舊事

問　烙印是否安在
那女人花僅有的瑰麗勳章

・原載二〇〇六年五月二十九日《聯合報・副刊》

鑑評

龔華，祖籍四川萬縣，一九四八年十一月出生於台南新營。十五歲入景美女中，開始成為台北人。一九七〇年畢業於輔仁大學食品營養系，二〇一六年夏季再入中國文化大學中文所碩士班深造。曾任外語系助教、外商公司英文速記員、祕書，亦曾主持貿易公司多年。一九九二年因病而醒，次年重回文學現場，並於一九九七年參與台北榮總乳癌病友團體的籌創計畫，開始踏上生命關懷之路。龔華的詩文之路深受梅新（章益新，一九三七—一九九七）啟迪，瘂弦曾論述她的詩作「在承受新興女性文學思潮激盪的同時，也堅持傳統婦女的美質，呈現溫良、貞靜、秀美的藝術特質。」近年來，即興素描隨筆，或偶現心象所趨，畫家蔡志榮曾有這樣的評語：「作者將水彩花卉飄逸特性植入詩情般的情緒書寫，幻化小品為創作主體，於西方媒體元素裡揉雜著作者根深蒂固的東方情懷，於是，各式風情的靜物素描實體相稱著空白的虛，再相佐如詩歌的文字書寫，恰如其分的對應現實世界的唯物與藝術家內心的唯心真相。」以此轉向看待她的詩歌，其言不虛。

英文能力甚佳的龔華，曾任中國詩歌藝術學會、中華民國新詩學會理、監事，世界文化藝術學院（World Academy of Art and Culture）之世界詩人大會（WCP）顧問，台北榮總同心緣聯誼會創始會長，中華民國乳癌病友協會（TBCA）發起人，參與國內外詩歌交流活動：第四屆國際格瑞納達詩歌節（尼加拉瓜），揚·斯莫瑞克詩歌節（斯洛伐克），東京地球詩祭及亞洲泛太平洋等國際詩會。現任乾坤詩刊社社長，小白屋詩苑社長，明道大學人文學院顧問，丹麥Aviendo Fairy Tales文創團隊中文翻譯。獲頒世界文化藝術學院榮譽文學博士學位，美國傳記文學中心（American Biographical Institute）二〇〇五年傑出女性。著有詩集：《花戀》、《玫瑰如是說》、《我們看風景去》、《永不說再見》，並為其尊翁薛林先生（龔建軍，一九二三—二〇一三）編選紀念詩集《自己做陀螺：薛林詩選》，見證大時代裡小人物的些微尊嚴。

朱自清之後，〈月台〉寫父親已形成一種小傳統，龔華以女兒的柔情，以自己的遠離，去刻劃老邁多病的父親獨留月台的身影，或許就是一九四九來台老兵的另一種人生多艱、時代多難、人間多情的註記。〈勳章〉則以自己的病痛為引子，書寫女性的勞苦與功高，可以作為龔華生命關懷路上，令人敬佩的一枚隱形勳章。

蘇紹連（一九四九——）

七尺布

母親只買回了七尺布，我悔恨得很，為什麼不敢自己去買。我說：「媽，七尺是不夠的，要八尺才夠做。」母親說：「以前做七尺都夠，難道你長高了嗎？」我一句話也不回答，使母親自覺地矮了下去。

母親仍然按照舊尺碼在布上畫了一個我，然後用剪刀慢慢地剪，我慢慢地哭，啊！把我剪破，把我剪開，再用針線縫我，補我，……使我成人。

白羊山坡

大度山的山形起了千萬條皺紋，在皺紋裡行駛的車子像一滴滴汗水滾到額下。我摸著前額，才知自己發燒生病，我要死了，我從山下望過去，有一隻白羊，望著我。那隻白羊流著淚跪著，一根根草在天空中站著，於是羊一隻接一隻的生了出來，整座大度山的山坡便起了嚼動，在嚼動中的車子一部接著一部駛入千千萬萬隻羊的肚子裡。

「媽，您跪著生我；媽，我豈可不跪著吸吮乳汁。」跪下——啊，我便從山下望過去，有一隻白羊就帶著千千萬萬隻小羊，走入我的肚子裡。

「自己」篇

一、入土的方法

你曾經在田地上
站了一整個上午和整個下午
說要把腳站成栽入泥土裡的根。

笑話！你也不想想：
你是飄浮的
你不曾死過
這泥土怎可容得了你！

你曾經有一個夜晚在棺材店門口
注視著一具正在打造的棺材
設想要裝入這具棺材的是自己。
可憐！你正值青年
天地正在展開
你何必封閉自己
進入泥土也不是用這種方法！

二、在陰雨的市鎮上

烈日下你前往一個市鎮
那市鎮就在陰雨裡生病了。
兩種地域的感覺，立即於你心腦之間

來回撞擊著，怦！怦！怦！
漫長的一條路上
你行走如一隻螞蟻
正被烈日瘋狂的巨腳踩著！

陰雨裡你徘徊在那個市鎮上
沒有人出來看你頭髮上的陽光。
他們的身體潮溼而發霉
灰色的屋瓦長滿了青青綠綠的菌
他們反鎖自己在窗裡
你如同被放逐，結果
你能用什麼光與熱回照這市鎮！

三、在夜空的牢獄裡

你來自燈的裡面
你來的時候
是一道光

似一把刀
無情的割開黑暗！

黑暗的傷口
反過來向你狠狠的吃著
你被吃
你的刀在血液中生鏽
你的光在遠處消失
你不能回頭看燈
你只能忍住而成為星
痛苦的關進夜空的牢獄裡
在可以探訪的窗口
閃爍！

四、嬰兒般的眼睛

你是從遙遠的子宮裡來的人
你有一雙嬰兒般的眼睛

你假裝到處閒逛
其實要看他們那裡的世界！

不要給你看
醜陋，
不要給你看
邪惡，
不要給你看
髒亂。

有人說：
給你看
空
白
你的眼睛就會
笑一笑，
真的

你含著淚笑了一笑！

鑑評

蘇紹連，台灣台中人，一九四九年十二月八日生。台中師範專科學校美術科畢業，曾任國小教師。曾參加《龍族》詩社，後創組《後浪》詩社，並為《詩人季刊》創辦人。曾獲《創世紀》詩刊創刊二十周年詩創作獎，中國時報多屆敘事詩獎、評審獎及詩首獎。著有詩集《茫茫集》、《童話遊行》、《驚心散文詩》、《河悲》、《散文詩自白書》、《少年詩人夢》、《時間的影像》、《時間的零件》等。

蘇紹連於六〇年代末期發表詩作，迄今詩齡已逾廿五載。他屬一個內省且富創造性的詩人，早在一九七四年發表〈消除詩中的文意〉一文，就曾慨嘆當時某些詩人慣常運用散文的意義性去寫詩，去迎合大眾，並也鼓勵年輕詩人求變，變成一些只表現散文意義性的詩人。……如果一位現代詩的作者不事創造，不講求語格的變化，不講求意象之經營，不講求形式的創新，不講求詩質之純度，他的詩怎能懾服讀者，怎能在詩的世界裡發出清脆獨特的聲音。

正因為蘇紹連有此覺悟，所以他一開始創作時，就深知錘鍊語言、塑造意象、創新形式、稠密詩素之重要。洛夫曾經指證：「蘇紹連的出現，意味著中國詩壇一種新的可能，他利用多變的意象，和戲劇性的張力，為現代人繪出一顆受傷的靈魂」。張錯在《千曲之島》（台灣現代詩選）中文版的作者小評中則說：「他的靈思迴照和超現實語言，做成一種魔幻的詩風，現代詩人，年長與年輕，無人能出其右！但他又是一個內向的詩人，常常在他那種介乎純詩的淨化語言與散文詩的形式表達裡，更能以藝術家的固執與純真感動大家，近年稍有轉向現實主義的趨向，但無傷詩風之大雅。」林燿德則定論：「蘇紹連不僅是一個重要的詩人，更是一個重要的典型，從他詩作中風格與世界觀之變遷，得以偵測出戰後世代詩人和台灣地區整個文化環境、政治環境之間的互涉關係」。上引洛、張、林三家之言雖各有界定，但均一致肯定作者詩作的傑出，殆無疑義。

〈七尺布〉、〈白羊山坡〉雖素材不同，但詩中鋪陳的母性意象，綿延不絕的象徵，擴大愛的範疇，則如出一轍。前者是布、剪刀和母親的親密關係，後者是白羊、山坡和母親的不可割斷。二詩均以散文詩的形式出之，一個是「把我剪開，再用針線縫我、補我，使我成人」，一個是「一隻白羊帶著千萬隻小羊，走入我的肚子裡」，詩味就在一再迂迴的變奏中瀰出。

〈自己〉篇，從入土、陰雨的市鎮、夜空的牢獄到嬰兒的眼睛，則是對自我的嘲弄和剖白，語言平實而想像不凡，是作者意圖創造的另一種擊潰現實的反詩。

馮　青（一九五〇——）

水薑花

然後
就在這樣窸窣的水面
看到
月光湧動

兩岸的燈火也溼了
我眉睫的露水盈盈
開了又開的素花
靜靜的在秋色中疲倦

而每次

都是這樣靠著你的肩
訴說　水的寂寞
你將會在冰涼中
逐漸　感覺我

秋刀魚

強而銳利的嘴
空嚙著無法出口的語音
雖然緘默著也沒什麼不好
男人和女人
一齊低頭注視著
擺在瓷盤上依然完整的魚
女人突然啜泣起來

而把男人遞過來的雪亮潔白的手帕
放在一旁
刀片一般劃傷光亮的淚珠
就一滴一滴地落在魚的背脊上

和著檸檬的香味
淡淡地擴散著別離的哀愁
吃魚吧
這回一邊說著
一邊收斂起燈光下柔順眼神的女人
一個人開始挾動了筷子

鑑評

馮青，本名馮靖魯，江蘇武進人，一九五〇年六月十八日生於山東青島市，襁褓中隨父母來台灣，定居於宜蘭，在那裡讀小學、中學，一九七三年進入中國文化大學歷史學系。著有詩集《天河的水聲》、《雪原奔火》、《快樂或不快樂的魚》、《給微雨的歌》等。另有小說集《藍裙子》，散文集《秘密》等。一九七八年八月出版的《創世紀》第四十八期，馮青首次發表了〈雨後就這麼想〉、〈鈴蘭之歌〉等十二首詩作，洛夫在按語中指出：「那些簡單的句法，空靈的意象，以及特殊氣氛的經營，都足以顯示出她正在努力為我們找回業已失去的語言的感性」。立即引起詩壇廣泛的注目。一九八一年六月爾雅版的《剪成碧玉葉層層》（現代女詩人選集），曾選入馮青的〈水薑花〉等五首詩作。編者對她有如下的小評：「她懂得利用語言的穿越性，也懂得利用意象的特殊性，馮青的詩清新、晶澈、銳利、淒美，一開始就達到了相當的高度」。自此她的詩作即源源推出，掌聲不斷。各種重要詩選、大系，都先後輯入她的詩作。

馮青觀察事物犀利敏銳，捕捉意象細緻確鑿，同時「善於設景造情，復熟稔現代詩中某些約定俗成的體制，如邏輯跳躍與文法切斷」（張漢良語）。縱觀她三冊詩集，《天河的水聲》以氣氛、音響、抒小我之情取勝，「但內容卻對人生之滄桑、文明之毀壞，表現深刻的認知」（鍾玲語）。《雪原奔火》，作者已走出小我的風景，詩的觸手向多層面刺探，諸如現代生活的指涉、生態環境的關注、女性意識之伸張等等，而其用語更加精鍊質樸，意象更加單純冷冽，呈現多樣性的經驗敘述。《快樂或不快樂的魚》，則係作者「再度對人類文明以及生命本身進行的深沉潛航」（林燿德語）。同時對「魚」（愛情）的心象的重塑，也形成她創作主調中的另一種華彩。

〈水薑花〉，是一首相當率真、纏綿的情詩，「月光」與「水」的意象，適時穿插其中，達到「情隨景移」綿遠不盡的迴環效果。〈秋刀魚〉，藉一對戀人下意識的動作，對微小生命的看視，隱隱透現一種說不出的淒苦離別之情，人類的命運和魚的下場是否一樣，男女的分分合合，雖是必然，作者在本詩中醞釀的分手蕭索畫面，教人擲筆三嘆。

杜十三（一九五〇——二〇一〇）

煤

——寫給一九八四年七月煤山礦災死難的六十七名礦工

孩子
我們生命中的色彩
是注定要從黑色的地層下面　挖出來的
家裡飯桌上　綠色的菜
白色的米
街頭二輪的彩色電影
媽媽的紅拖鞋
姊姊的綠色香皂
還有你的黃色書包
都是需要阿爸　流汗

從黑色的洞裡　挖出來的
今後阿爸不再陪你了
因為阿爸要到更深　更黑的地方
再為你　挖出一條
有藍色天空的路來

阿爸，你不要再騙我了
家裡面所有的色彩
其實，都是假的
我早就知道
家裡的飯菜是煤做的
媽媽的笑容姊姊的衣裳
還有我的課本和鉛筆……
統統都是煤做的
甚至連您啊　我想念的阿爸
不也是煤做的嗎？
他們說：煤不再值錢了

可是　阿爸
我卻寧願丟掉所有的色彩
陪著媽媽　姊姊
守在洞口
拚命的用眼睛去挖　去挖
挖出一具
黑色的
阿
爸

愛撫

凡經我愛撫的石頭，
必將燃燒而成為鑽石。

一

愛撫之後
多餘的一切就像枯葉落盡
只剩下妳的眼睛懸在天邊
像太陽般審視所有發生過的情節

我謙卑的面向著妳
用熱騰騰的血　進行艱難的光合作用
企圖讓乾渴的胴體長出新綠的枝椏
緊緊的　纏繞妳留在床上微溫的影子

之後我們一起燃燒
妳焚成經文
我化成灰燼

二

愛撫之後
所有的歷史都像衣衫一般落盡
只剩下赤裸裸的真實以愛恨交織的姿勢掙扎
躺在時間的床上受孕

而後
我們正正經經的閱讀她所生的小孩
從他的容貌閱讀自己的容貌
從他的悲苦閱讀自己的悲苦
直到我們驚然發覺——

他的複雜竟然是由於他的無辜
他的深刻
竟然是由於他的宿命

新的歷史此刻正坐在窗口吮著奶嘴偷笑

等著我們繼續供給血淚餵他
然後看著他迅速長大成人
走開
學習更為煽情的愛撫

三

愛撫之後
所有的謊言便開始興奮
共同唆使南飛的候鳥掉頭北返
以宿命的人形飛翔　占領天空
我們只好低頭
用鳥獸的步伐在灰暗的土地上行走
一年又一年
將自己複製成深深淺淺的腳印
再用淚水灌溉使它生長
站成一株株張滿翅膀的明天

如今
我們仍然戴著人形面具
在過去和未來之間上下攀爬
模仿候鳥的感覺
企圖沿著年輪的紋路起飛
卻始終只能藉由愛撫
辛苦的讓一根根的時間砲管勃起
將自己發射——
在我們共同擁有的高潮頂端
尋找
撞擊天空的回聲

鑑評

杜十三，原姓杜，南投竹山人，一九五〇年十二月五日生，取名黃人和，台中一中，國立台灣師範大學畢業，主修化學，輔修藝術，曾任地磅工人，軍中藝工隊編導，高中理科教師，廣告公司設計師，化妝品公司藝術指導、經理，電腦公司管理師，雜誌社主編、總編輯。曾獲中國時報文學獎，《創世紀》詩雜誌創刊四十周年詩創作獎。著有詩集《人間筆記》、《地球筆記》、《嘆息筆記》（杜十三詩選）；散文集《偉大的樹》、《行動筆記》等。

杜十三在高二時就開始發表創作，一九八二年卅二歲時，以《杜十三觀念藝術探討展》，介入文壇與藝壇，以詩歌創作為主體，包括繪畫、音樂、散文同時並進的創作方式，展開一連串的出版、展覽、演出等行動。以後又陸續策畫〈詩的聲光〉、〈貧窮詩劇場〉、〈因為風的緣故〉、〈詩與新環境〉等多媒體現代詩在舞台與畫廊展演的策畫與導演，被視為台灣最具前衛的詩人和藝術家之一。

瘂弦曾在《地球筆記》的序中有極條理的陳述：「在杜十三的觀念裡，首重詩的造型美，他以繪畫來為詩顯影，並認為是詮釋現代詩本質的最佳方式。而散文的形式，則借重散文的情節性與戲劇性的美感，顯現作者在心、物的衝突糾結後的溝通、和諧，以及一種屬於人間的感懷。音樂形式，目的在探求詩的聲音，藉日常口語、音樂曲式來建構意象，使詩的抽象性得到無限的延伸。這種繪畫、散文、語言三者的綜合表現，已成為杜十三一貫的詩觀、詩法和他特有的語言系統。」一是以近年來作者一直在擴大他的創作視野，且亟力強調詩與多媒體的融合，他作品中展示的超現實意象，關懷現實社會，以及力求簡潔短小的形式，也形成他與眾不同的創作特色。而他兩年前完成的千行寓言詩〈火的語言〉，更證明他具有追求磅礡氣勢，創作結構龐大史詩的情懷。

〈煤〉，為死於災變的六十多名礦工而作，以孩子的口氣，色彩的對比，娓娓道盡人間的至情，本詩經由表演家趙天福的精彩朗誦，不知感動了多少愛詩聽眾的心魂。

〈愛撫〉，是情詩，更是一篇迴腸盪氣的性愛詩，只是作者的表現方式，側重迂迴，側重細膩感覺之捕捉，以及一些奇妙氣氛之經營，而非赤裸裸的男女器官的對決，本詩的言外之意，從篇首「凡經我愛撫的石頭，必將燃燒而成為鑽石」，似已露出端倪。

簡政珍（一九五〇——）

故鄉四景（金瓜石）

一、山

當道路為心事迂迴
妳可曾想到雲何故
縈繞山頭？
眉宇間驚起一隻雲雀
風輕輕拂掃臉上
起皺的畫面
這反常的七月處處
弄亂季節的次序
陽光在雲堆裡思考是否退隱

突來的雨滴已預言
即來的風暴
茶壺山穩當座落
信手揚起壺嘴，邀約
盤旋的老鷹
群山次第展開
準備迎接
排比進逼的
墳墓

二、礦坑

妳問這細長的山洞
能裝載多少回音？
要考驗的卻是
哽塞的喉嚨
可能在此穿梭的鬼影
嚇走了聲音

風倒不甘寂寞，撩起妳
長髮的驚愕
人影黏貼在黑暗中
幾乎成為同一種面貌
二十年的時空阻絕
竟分不出年輕或年長
摸索水珠滴落的餘音中
驚出一身冷汗
雖然這是七月

三、斜坡上的纜車

誰想到當時的歇腳
竟成永恆
當四輪已鏽化成塵土
自我的身分只有草叢能辨認
鋼索長長伸向那一端
想攀附未來或拉回過去？

拉來霧中升起的遺體
拉來母親一臉的空白
拉來暮色嘲弄的歸客
拉走質疑命運的童心
你總拒絕承載夜色
斜坡奔馳中，連滾帶爬
高度驟降的心驚，只為
遠方火車的汽笛和黑暗中
緩緩起動的車身
唯恐錯過瞻仰
晨光下港口吞吐垃圾的肚量，和
城市製造噪音的豪邁
二十年後從喧囂的紅塵歸來
我聽到你寧靜的
悲歌

四、陰陽海

妳問海的名分
為何在陰陽間徘徊
膚色是礦山流下的血液
沉積點燃成都市的
霓虹燈，已習慣
驚濤駭浪
和工廠機器的咆哮合韻
如今聲音在會議桌上
為拳頭增強效果
餘音散亂如
失業工人留連國會前的
沙啞，飄渺如
漁火的了無蹤跡
每天海鳥在此憑弔，無視
山頭的蒼鷹
每天見證

廠房在摧折中對抗歲月，把青春
交給風雨，把命運
交給決策者指縫中的洋菸
海總要為人事低語
我們在褪色的浪花中
重新檢視它的身分

後記：金瓜石的居民大都仰賴「台灣金屬礦業公司」為生，如今政府決定該公司停止營業，生計無著，景色一片蕭條。「斜坡上的纜車」用於輸送材料人力，只在白天行駛，又海水因受礦場排水感染，近海部分顏色呈黃紅色，和外海的藍色成對比，故稱「陰陽海」。

鑑評

簡政珍，台灣新北市人，一九五〇年生，政治大學西洋語文學系畢業，台灣大學英美文學碩士，美國奧斯汀德州大學英美比較文學博士，曾任中興大學外文系專任教授，現任亞洲大學外語文學系講座教授。著有詩集：《季節過後》、《紙上風雲》、《爆竹翻臉》、《歷史的騷味》、《浮生紀事》、《失樂園》、《當鬧鐘與夢約會》、《放逐與口水的時代》、《所謂情詩》等。

《詩的瞬間狂喜》（一九九一年）是簡政珍的重要詩論集，是短篇的「詩學斷想」之集合。有許多精彩的詩觀：

一、詩只寫給潛在的詩人看，詩的讀者不一定是文字的詩人，但一定是生活的詩人。

二、詩使草木生情。當自然染上人本的色彩，人就不再接受時間任意的差遣。

三、寫詩是一種獨白，在獨白中吐露時代的聲音。

四、唯有詩人體認到人的存在本體，體認到詩只存在於現在，詩人才真能看穿真實的人生。

五、意象是思維的轉形，它已是詩人觀察、聯想、哲思的濃縮。它的靜謐滲透讀者的心靈，以精簡取代口語的冗長。

簡政珍的詩與詩觀，強調詩的「生命感」（見《浮生記事》序），他認為詩是為人而寫的，假如詩擺脫人生，詩將淪落成為什麼「東西」？因此，我們可以看出他的生命感不表現在生命現象的解析，生命情調的追尋，而在生命本體的探索，他企圖增強生命的質感和厚度。而且，簡政珍對於時間相當敏感，詩論集以「瞬間」為名就是在強調時間之易逝，詩人必須讓生命的悸動在那一瞬間以語言凝住，那就是永恆。準是，以故鄉金瓜石為背景的〈故鄉四景〉就可能是實踐他的詩觀的重要作品。

「詩只寫給潛在的詩人看」。因此，有詩友建議他將此詩第一句：「當道路為心事迂迴」改為：「當道路迂迴」時，他很委婉的說：「人的意識投射是使形象轉化成意象的重要程序。若是形象或客體不注入人的思維，稍不慎就鬆散猶如白描的散文。」「當道路迂迴」少掉「為心事」

三字，「自然」與「人本」無法相感應，「客體」沒有人的「思維」了！此詩四節有三節安排了「妳」與「我」的問話，是將今日的人倫帶回過去的生命情境中去思考，也是時間變貌下的省思。這樣的設計有著真情與感動在其中，「潛在的詩人」可以欣賞，譁眾而想取寵的詩人恐怕就無能為力了！

許水富（一九五〇——）

聽到黑暗裡的聲音

煮沸的蕃薯湯和砲聲同樣滾燙
月芽躲過暗影在天邊放亮
我的母親從山腳下一路趕回來
田埂的小白菜慢慢的長大
門庭掛滿自衛隊卡其服
父親已經很久沒有回家了
五加皮酒和空的碗繼續盛滿時間

日落前我看見炊煙緩緩升起
撿彈殼。鄰居的阿平踩著影子跳舞
甜甜的童年。一枝一角半的麥芽糖

眼淚和笑顏醒來
灶邊的小弟吵著要再添半碗豬油飯
整座村落都是怎樣的活著
三畝旱田。以及藏青色的破裳子
我們靜靜的一生

隔壁有人說夢話。像傳染病
防空洞是一座逃亡的島
駐紮記憶和三千七百隻老鼠
我七歲就聽到一系列的戰爭
女人和男人。阿兵哥和共匪
纏綿和荒唐的假性包裝
還有每天要被罰寫一百遍的「反共抗俄」
像白天踩到地雷
我死了很多次。那年天空是黑的

黑夜一直以巨大的鏡面掃射

青春期的第一天。單打雙不打
小小咳嗽聲如同革命暗語
考卷的第十九題默寫「蔣公遺訓」
貓和許多明天懶洋洋的張望
乖乖戒嚴。聽話

台北十三號出口

荒荒腳步耿耿在市街撞擊。綿密且縹緲。紅塵伏流裡涓涓淌著人世迴旋小傷。寧靜。破壞。甜逸。一條街一條街細數相映人的戲謔。霸橫。慾求纏困。撕扯競踏。盡頭。喘喘的存在生成一攤又一攤雜沓紛紜的豐盈曲折。

時間層層剝剝。扔下的都是決裂。意象。歲數。牯嶺街。彈珠汽水。戒嚴。美而廉。白先勇。公園路酸梅湯。夏潮。美軍顧問團。陳映真。重重疊疊非秩序圖騰逗點在醉與醒的記憶裡生疼起來。母親說：這是時代共同的傾斜與符號。吟詠或情緒。彷若是一首攀扶的詩。刪刪改改。走走跌跌。夕日。殘雪。鬱苦。歡愉。

膠著我和我們的關係。

生命投擲。中年路口。這密密麻麻的詩魂燒灼黑洞。暗暗。我只讀出三五行眉睫間裡的愁。歉疚。而振奮疾書的日月。稍縱閃逝。煙雲軀殼空空如我的捕捉。依稀胭脂暮色。當作針黹。給我血的波湧。馳騁。然後篤定。然後精緻藏收。

瞬眼惘惘風塵。交纏地表。六月。我找波赫士倒影位置。模擬一座島嶼的升起。星巴克內陸。笑和網路。愛情和卡布基諾。藥和前方。延伸塞滿黑水晶樓殿。鐵的剛直。心的疲軟。更遠。叫販轉折的身後。人生風景。行行止止。嘈嘈索求。九十年代物換星移多的是怦然心驚的速度鄉愁。一碗一匙都是生活謎題。活著。蜿蜒蔓延的數字堆砌。挖墾。名牌。冷漠。主義。自閉。夢以及持續繁衍的性。今天與明天。對準吭吭的笑。對準歲月吱吱的長大。長大以後。遺失延年。那些我們曾有的沉疴火鑄信仰。

對酌

我需要一瓶有年份的酒
老老的。像老朋友
像多年釀著摯情真愛的情人
在秋聲預示的邊境。承接
點亮的脣語。蹣跚日子
慾望只要淺淺小酌
只怕忘了忙中老
只要甘於棲身夢的巡弋追進
只要放下溢滿豪飲的對峙
如此習於自己成為無常叫醒
人生。世事。滴滴沽沽吞吐入喉
如此習於一切的傾斜
如此習於剝開暗影的放縱

像今夜我們撫著杯崖
看月光善於紡織的綢緞
輕輕的。如我們故事的發生

鑑評

許水富，一九五〇年出生於金門金寧鄉榜林村，台灣師大藝術學院畢業後，短暫回到母校金寧國中教了兩年書，再赴明道中學服務，最後服務於桃園振聲高中，直至屆齡退休。

編輯採訪、廣告行銷、創意指導、文字工作、書畫創作，都是許水富所擅長，台灣、金門重要的畫廊多次展出他的水墨書法個展，廣告著作類有廣告經營、基礎設計、廣告學、創意設計發想、POP基礎、字魂、工商專業書法等書，文學類著作有《叫醒祕密痛覺詩集》、《許水富短詩集》、《孤傷可樂》、《多邊形體溫》及《寡人詩集》、《飢餓詩集》、《買賣詩集》、《許水富世代詩選》、《飢餓詩集》、《中間和許多的旁邊》、《噪音朗讀》、《胖靈魂詩集》共十二本。顏艾琳稱之為「詩藝超級混血之完整人類」：「詩人許水富以其書法蒼勁，怪異有趣理的變形，加上視覺設計的美學理論，為其詩作之骨與肉，表現寫詩狀態的哲思氣血。」白靈更將金門與許水富的詩、藝，完整結合：「創意或設計是他的弓，書法是他的箭，詩則是他要擊中的靶。這一圈圈的詩靶。被一次又一次貼在一塊一五〇平方公里的土地上，一塊夢與夜的泥土，他的一字一詞是草是高粱是樹，不可抑止地拚命生長，不把那座島全部覆蓋住不會終止。他的每一首詩就是金門一片閃著淚和光的皮膚。」

《多邊形體溫》、《寡人詩集》，都應用了廣告設計概念，以不同的素材、編排，將拼貼、蒙太奇甚至中國書法融入詩集裡，以文字本身蘊含的意境，加上視覺的衝突，刺激讀者的想像，許水富自言：「詩是隨興和偶得的寫意。馳騁學理。重返生活。堅持與寂寞必然是心境高度的囚困和超越。如此喘喘的存在中挖墾。內塑。僭越。譜寫受苦的一切。向叫販的志業投擲。膠著。繼續。」這就是不同於純詩人的詩人，海不足於形容許水富，何況是島、現代主義、後現代主義以及虛無。

〈聽到黑暗裡的聲音〉是他常寫的金門鄉愁，歷史傷口，金門，行政歸屬於中華民國、台灣，區域距離接近於福建、廈門，一葦可渡，卻是兩岸烽火交射的所在，能成為未來兩岸握手寒暄的和平之島嗎？那黑暗裡的聲音要世人聽到，要在台北找到出口。但許水富卻安排為〈台北十三號出口〉，「我只讀出三五行眉睫間裡的愁。歉疚。而振奮疾書的日月。稍縱閃逝。」熟悉台北的人或許也找不到十三號出口在哪，不如〈對酌〉吧！

斯　人（一九五一——）

七月半

入夜以後，準備放水燈了
我隨著遊行的行列
來到招孤魂的水邊
隨行的火炬高高舉起
與百萬盞的燃燈相映
當打頭陣的鑼鼓奏起了太平曲
一遍又一遍，響徹於無緣的耳際
我的內心也有一條冥河
慢慢地穿過，困擾著夢境

秋風起而木葉下，是時候了

點燃起王船來，昂起鷁首向前
生命的火焰只能燃燒一夜
我向他們呼喚，死者
目眇眇而愁予
我認得這個暗號
是我舊時的情火
感覺著近乎歡樂一般的痛苦
發自我同樣感動的靈魂

星空下的飛行靜靜而過
在河上，火沉了下去
隨著鑼鼓聲消歇了
我看見一隻船兒
上頭載了我的靈魂
拚命穿過激流與暗礁
一路直奔河口向大海
在燈海當中，顛躓了一下

又快樂地趕上去了

鑑評

斯人，本名謝淑德，台灣台南人，一九五一年三月十九日生，台灣大學中文系畢業。著有詩集《薔薇花事》（一九九五年．書林書店）等。

「詩是我的生活紀錄，如此而已。充其量，也不過是一種個人的經驗罷了。」斯人如是說：「我選擇詩，作為某種可行的語言以便記錄下心靈的活動，只是出自習慣使然——就像童年的信仰，我也許早失了初心，但這總是我幼年聽熟了的聲音。借歌德的一行詩說：半是兒戲，半是心存上帝。」（見《一九八四台灣詩選》八十七頁）。

鍾玲在《現代中國繆司》（一九八九年）中，將斯人列於第八章「八十年代的都市雙重奏」之第二節「人道主義的甦醒」，說：「斯人的詩有四個特色：（一）人道主義的情懷、（二）智性的深度、（三）澎湃的熱情、（四）神祕主義的色彩。」（三八三頁）。特別是在神祕主義的色彩裡，鍾玲說：「台灣詩人之中，她可能是唯一能把宗教的熱忱，透過現代詩表達者。」「她像威廉．布來克（William Blake）或哈特．克來因（Hart Crane）等，扮演預言家或靈視者（visionary）的角色，能預見未來，透視人類的命運。」（三八五頁）。鍾玲引以為例的是〈星夜〉這首詩，為尋找伯利恆之星而行動，其實以台灣本土的民俗素材入詩，斯人依然掌握了那份神祕色彩與宗教虔誠，〈七月半〉這首詩就是好例子。

〈七月半〉取材於台灣「放水燈」的民俗活動，淡淡涼涼，有些陰陽兩界之間可通又不可通的溫暖與悽傷，首段說「我的內心也有一條冥河／慢慢地穿過，困擾著夢境」，末段則云：「我看見一隻船兒／上頭載了我的靈魂／拚命穿過激流與暗礁／一路直奔河口向大海」，在鬼魂與我之間有著相感應、相會知的同情感，這才是斯人斯詩可尊貴處。這種與鬼魂列坐的作品，在〈冬之夜〉中也有相似的情節：「該是上燈的時候了／不勞舉燭相照，我也檢點得出／波德雷、史特倫堡、杜思妥也夫斯基、尼采……／不朽的象徵若世紀末本身／介乎天才與瘋狂，痛苦與死亡之爭／於是乎欣欣然就坐，在新鬼與舊鬼列中／冥冥中有人招喚我／以一個未知的名子。」

余光中曾撰長文〈不信九閽叫不應〉（《聯合報》副刊一九九五年四月十八日起四天），細賞斯人詩集《薔薇花事》，對於〈七月半〉這首詩，他有評析也有斧正：「〈七月半〉的氣氛逼真而神祕，後六行收得餘韻不絕，末二行尤為神來之筆，非學問所能為力。只是有些細節尚可改進，例如第六行的『當』，第十一行的『向前』，第十九行的『夜間』都不妨刪去，倒數第四行『暗礁』、『激流』，為了音調不妨對調。（按：「夜間」二字原在「飛行」之上，詩人已接受建議刪去，「暗礁」與「激流」也已對調。）

白　靈（一九五一──）

鐘乳石

詩篇寫成了讀起來多麼容易
而我的，仍垂懸著，無窮的待續句
在內裡，向深洞的虛黑中
探詢呀探詢
數萬滴汗珠詠成一個字
而滑脫的字句呢，掉下去，只有
通通的回聲，都叫黯黯的地下河帶走了
好久好久，才有堅實的響應
像是指尖　滴在　指尖上
那是水珠與水珠的拍手
句與句的呼應，卻是

幾千萬年的距離啊
可以感覺相遇時會是怎樣的震撼
當向下的鐘乳與緩緩、向上的石筍
當可知的與冥冥中那不可預知的
在時光的黑洞中，輕輕的

一觸！

附記：據聞鐘乳石一百萬年才長一吋。
掛著的是鐘乳，滴凝在地面的是石筍。

鐘擺

左滴右答，多麼狹小啊這時間的夾角
游入是生，游出是死
滴，精神才黎明，答，肉體已黃昏

滴是過去，答是未來
滴答的隙縫無數個現在排隊正穿越

登高山遇雨

小雨數十行
下歪了　織成數千行
下在山裡
掛起來　像私藏的那幅古畫
下在遠處　模模糊糊
起伏的山猶似隔簾看
乍看是一群
曲線優美的臀
下久了　才看到

白蛇似的小溪逐雨聲
一路嬌喘爬來
碰到撐黑傘的松
躲進傘影不見了

下到最下頭
戴大紅帽的飛亭
沒商量就蓋了章
落款人是亭旁路過的樵夫

下了山
連同雨聲捲起來
插進背後的行囊

鑑評

白靈，本名莊祖煌，原籍福建惠安，一九五一年生於台北萬華，讀的是工科，喜歡的是文學藝術，台北工專三年制畢業，師範大學美術系（夜）四年級肄業，美國新澤西州史蒂文斯理工學院化工碩士，曾任台北科技大學副教授。白靈早年參加葡萄園詩社、草根詩社，擔任過草根詩刊主編、耕莘青年寫作會值年常務理事、《中華現代文學大系》編委，近年與詩友合組「台灣詩學季刊社」，擔任值年主編。作品曾獲中國時報敘事詩首獎、創世紀詩創作獎、國家文藝獎等。出版有詩集《後裔》、《大黃河》、《沒有一朵雲需要國界》、《昨日之肉》、《五行詩及其手稿》、《詩二十首及其檔案》等，詩論集《一首詩的誕生》、《煙火與噴泉》等。

白靈早年因長詩得獎而名噪一時，其後與羅青、杜十三等創辦「詩的聲光工作坊」，將新詩透過再創作，與現代多媒體結合，前後八年（一九八五—一九九二）以各種手法處理了約一百首詩，在舞台上演出，對新詩的推廣、朗誦表演形式的創新，貢獻頗鉅。

台北「松江詩園」曾銘刻了十二位現代詩人的作品於大理石上，白靈與向陽是其中最年輕的兩位，在台灣青壯年一輩詩人中入選《年度詩選》，白靈是最多次（至一九九五年十二冊共入選十一次）的一位。他的詩作題材豐富多元，從形而上到形而下，包括生活偶感、市井小民生活、社會現象、詭譎的政治、離奇的高科技，乃至抒寫大我情懷之地理橫面、歷史縱深等等，「引領讀者對人生百態、過去未來作深刻的思索。而手法上也是多樣的：他運用抒情、哲學、諷刺、寓言、對話、書信體、戲劇獨白等技巧來表現不同的主題」（奚密語），他的詩思活脫、語言雅俗共賞，評家曾以「苦心孤詣」四字（游喚語）形容之。

〈鐘乳石〉表面寫鐘乳（在上，代表已知）與石筍（在下，代表未知）在深洞中成長、上下結合的過程，暗裡道的是詩句（或任何創作）在內心萌芽發展的艱辛。詩中的「我」既是鐘乳石又是詩人，「詩篇」既是鐘乳石也是詩，「字」是可見的石頭結晶也是不可見的靈感結晶。詩的前半緩緩發展、後段逐步急促，象徵鐘乳懸掛的水珠滴在石筍上的時間越來越快（看不見，但聽得到），最後的「一觸」是可知和不可知相碰的一剎，令人有被「握住」的快慰和美感。此詩可說是白靈擅長「謀篇」的代表作。

〈鐘擺〉五行，一三五句子較長，二四兩句短，形式似鐘擺移動。滴答是聽覺的，也是視覺的，是空間的，也是時間的。但時間並無夾角可言，詩人偏偏說夾角之內是生，夾角之外是死，這是由物象（指針）綿延的巧思。「黎明」「黃昏」兩句指年老精神才清明，但已時不我與。滴答之際就從年輕到達年老，令人有悚懼之感。末兩句由遠拉近，說「滴是過去，答是未來」，「現在」正排隊穿越於滴答之間，巧妙地傳達了時間予人的壓迫感。

〈登高山遇雨〉全詩有如展卷揭密，深具臨場感。第一節先寫大場景，第二節則有撐黑傘的松、愛蓋紅章子的飛亭、喜歡落款的樵夫等巧喻，形成趣筆。末節才把雨聲連畫收捲起來，隱含讀完山水的愉悅感。全詩語調輕爽、想像豐盈、語言曼妙自然，是新詩中難得的「不隔」之作。

羊子喬（一九五一——）

一個原住民的心事

島上的風的雨都已經停了
你開始站在遼闊的平原上
用最原始的聲帶結集出版你的全集
歌頌土地，吟唱廣大人群的喜怒哀樂
可是沒人注意你的存在

在冬去春來的日子裡
鈴鐺花開在籬笆，斑鳩動情在苦苓樹上
這一切都順乎自然，只有你的眼神
把憤怒和不滿盯在
日漸消瘦的部落

急水溪的水響，八掌溪的嗚咽
依然沿著溪水的雙岸一直奔向大海
在這塊肥沃的土地上已經無鹿可捕
西來的紅毛番走了
東侵的阿本仔也跑了
僅能用手播種，用犁翻耕

在數百年歷史的土壤裡翻耕出
一座平埔族勇士的墓碑
記載著輝煌的過去，也寫著被人欺凌的過程
你抱頭痛哭，大聲朗誦
早已失傳的阿立祖祭典的悲歌
河邊的蘆葦白了之後又綠
南下的燕子在柳條之間穿梭
你記得這是很久很久以前就結識的舊知
可是叫聲不同，你禁不住在茄苳樹上

刻下了你的身世，一段被漢人竄改的歷史

鑑評

羊子喬，本名楊順明，台南佳里人，一九五一年五月四日生，東吳大學中文系畢業。曾任遠景出版公司編輯、自立報系編輯。一九七一年六月與黃勁連、林南、吳德亮、龔顯宗等人創辦「主流詩社」，主流詩社在當時的青年詩社頗有草莽之氣，鏗鏘之音，慷慨以天地為其揮灑之空間，要把頭顱擲向新生的大時代，締造詩的復興。一九七九年開始，羊子喬、黃勁連、杜文靖等台南籍的詩人、作家，以南鯤鯓廟為大本營，在自立報系的支援下，策畫舉辦「鹽分地帶文藝營」，對於傳承日據下台灣文學的香火，具有廣遠的影響。

羊子喬出版詩集有：《月浴》、《收成》、《該是春天為我們開門的時候》、《羊子喬卅年詩選》等。論者以為他的詩不是現代主義的追逐者，亦非現實主義的吶喊者，語言樸實、親切，表現鄉村與都市之間文化差異所帶來的影響和衝擊（《混聲合唱》七三〇頁）。不過，羊子喬的最大成就是他投身於台灣光復前新詩的研究，曾出版評論集《蓬萊文章台灣詩》（一九八三年，遠景出版公司），並與陳千武合編《光復前台灣文學》（新詩卷）四冊：《亂都之戀》、《廣闊的海》、《森林的彼方》、《望鄉》（一九八二年，遠景出版公司），與李南衡、梁景峰所主編之《日據下台灣新文學．詩選集》（一九七九年，明潭出版社），同為研究日據時代台灣新詩之重要史料。

一九八四年，羊子喬寫作〈西拉雅族悲歌〉、〈向阿立祖禱告〉，為台灣平埔族人被漢族同化的歷史，寫下深沉的哀痛。一九八五年，羊子喬又發表了〈一個原住民的心事〉，仍然為祭祀阿立祖的平埔族原住民而悲歌。羊子喬可以說是第一個為平埔族寫多首現代詩的人。現代詩人應該關懷生存在台灣這塊土地上的人，不管他是原住民、先住民或新移民，現代詩人的心胸應該如此寬闊，開向不同族群。

陳育虹（一九五二——）

我告訴過你

我告訴過你我的額頭我的髮想你
因為雲在天上相互梳理我的頸我的耳垂想你
因為懸橋巷草橋弄的閑愁因為巴赫無伴奏靜靜滑進外城河
我的眼睛流浪的眼睛想你因為梧桐上的麻雀都飄落因為風的碎玻璃

因為日子與日子的牆我告訴你我渴睡的毛細孔想你
我的肋骨想你我月暈的雙臂變成紫藤開滿唐朝的花也在想你
我一定告訴過你我的脣因為一杯燙嘴的咖啡我的指尖因為走馬燈的
夜的困惑因為鋪著青羊絨的天空的捨不得

想　念

想念比路長比雨季長比蛇的沉思貓的凝視長比垂榕的亂髮比修女的晚禱長
想念比銀河長比一萬六千行的荷馬史詩長比縈繞的蟬夢比寒武紀的空窗長
比枕間的吻比城市懺悔的燈影長那距離恰巧是櫻花從樹肩緩緩落地的距離

雲海，及其他

一

宣紙
的細緻
雲豹乳汁的
白

而我如何捨得
落筆

二

一串琉璃
這鳥鳴
是披紅巾的林鴝嗎
今天我不找雲豹
（多飄渺的名字啊）
今天我要仰望書帶蕨和澤蘭
學一尾蠑螈
慢活在無聲的軌道

三

如果是雲
如果是豹，我們
可以消失嗎？
任憑時間
四散，向迷路邊緣
愈走愈遠……

印象

——夢蝶先生臥病初癒

他已經瘦成
線香
煙
雨絲

柳條
蘆葦桿
瘦成冬日
一隻甲蟲堅持的
觸角

鑑　評

陳育虹，祖籍廣東南海，一九五二年出生於台灣高雄，文藻外語大學英文系畢業。旅居加拿大溫哥華十數年後，現定居台北。二十年間出版詩集七部：《關於詩》、《其實，海》、《河流進你深層靜脈》、《索隱》、《魅》、《之間》（詩選）、《閃神》等；以《索隱》一書獲《台灣詩選》二〇〇四「年度詩獎」；另譯有英國桂冠女詩人Carol Ann Duffy作品《癡迷》、加拿大文學女王Margaret Atwood詩選《吞火》。

陳義芝說陳育虹詩作「鎔鑄中西詩法，演練微妙音韻，創建多重指涉的意象系統，圓熟中具有純真之美。」特別指陳她的女性精神，在「盡其所能地開發女性感覺——剖析社會體制不可見的，挖掘潛在內心難明的，探勘前人未能寫出的。」以此來對應她自己的詩觀：「詩是給將來的／你想到鏽紅的酒，壓抑／緩慢的滲透，沁／你想到泡沫／泡沫的閃躲，漂浮，顫慄」「詩是給將來的，但愛／愛必須在現在／你想到懸崖／融化的懸崖，你順勢／滑了下去」，幾乎可以是所有廣泛情詩的有情註腳。所以說陳育虹的詩在光影之間、虛實之間、時空之間，不如說是在「愛」與「融化的懸崖」之間，那麼容易，就順勢滑了下去。蔡逸君說得好，陳育虹「詩被愛情煉得前言後語字字有情，愛情被詩焠得八荒九垓處處有意」。

研究生高維志的碩士論文〈重要的是，那是波浪：陳育虹詩研究〉以「三動」指出陳育虹抒情詩的三大特色，頗有可觀：一是律動，波浪推進式的節奏感。二是騷動，個體之間慾望所牽引的詩人對情愛的探問。三是湧動，是詩人對大自然與生命熱能的端詳感悟，知識學養的優雅化。（成大，二〇一〇年）這種波動之說，是借用俄國女詩人茨維塔耶娃（**Marina Tsvetaeva, 1892-1941**）「波浪」說，同樣是水（文字），卻以不同的波浪（喻意及形式）來回湧現，因而對詩、也對情愛創建出多重指涉的言說方式。〈我告訴過你〉，將我分成許多小局部，我的額頭、我的髮、我的頸、我的耳垂、我月暈的雙臂變成紫藤開滿唐朝的花——都在想你，這是律動與騷動的動。情人間的想念很長，陳育虹的〈想念〉詩句也很長，卻錯落有致，在「長」字所在都可以享受稍頓之美，但最後一句「那距離恰巧是櫻花從樹肩緩緩落地的距離」，以時間之短的距離感，反襯「想念」卻可以無來由的長，最是驚覺。

〈雲海，及其他〉的白，以凝視式的片段去呈現，以「慢」呈現「久長」。〈印象　夢蝶先生臥病初癒〉，則是以「短」呈現「清癯」。長短之間，陳育虹也有自己湧動波紋的那種自在。

渡也（一九五三——）

雨中的電話亭

突然
以思想擊響閃電的
鮮血淋漓的玫瑰啊

凋萎

手套與愛

桌上靜靜躺著一個黑體英文字
glove
我用它來抵抗生的寒冷
她放在桌上的那隻黑皮手套
遮住了第一個字母
正好讓愛完全流露出來
love
沒有音標
我們只能用沉默讀它
她拿起桌上那雙手套
讓愛隱藏
靜靜戴在我寒冷的手上
讓愛完全在手套裡隱藏

旅客留言

外面下著細雨，看起來似乎
車站在哭泣

旅客留言板上
有人用粉筆寫
　我不去了
也有人寫
　我先走了

走了的
要去哪裡
會不會回來呢

在幾個潦草的字跡下是一行
……………………
看起來似乎
生的淚水
快樂，還是悲傷的
淚水
或者只是細細的雨……

從不會答話的留言板
看起來似乎
很多人來過
月台卻空無一人

我站在留言板前
終於被粉筆舉起
要留話給誰呢
年老的母親

或者妻子、朋友
或者留話給這廣闊無邊的車站
木板楞楞地看我
看我久久寫不出一個字

外面下著細雨，看起來似乎
車站在流淚

如果，如果我留話給車站
車站也留話
給地球
地球也留話
給茫茫的宇宙……

鑑　評

渡也，本名陳啟佑，台灣嘉義人，一九五三年二月十四日生，中國文化大學文學博士，曾任教國立彰化師範大學國文系，現任中興大學中文系兼任教授，曾為《創世紀》詩社、《台灣詩學》季刊同仁。曾獲中國時報敘事詩獎、中央日報百萬徵文新詩首獎、民生報兒童詩獎、中華文學獎新詩首獎、《創世紀》四十週年詩創作獎等。著有詩集《手套與愛》、《陽光的眼睛》、《憤怒的葡萄》、《最後的長城》、《落地生根》、《空城計》、《留情》、《面具》、《不准破裂》、《流浪玫瑰》、《攻玉山》、《澎湖的夢都張開翅膀》、《太陽吊單槓》等；詩論集《渡也論新詩》、《新詩形式設計的美學》、《新詩補給站》；另有散文及古典文學評論集多種。

一九七一年，渡也在嘉義就讀高二時，面對巍峨的阿里山，第一次睜開了寫詩的眼睛，剛好《水星》詩刊在左營升起，他的一系列充滿超現實趣味的詩作，如〈嗜酒的柳樹〉、〈彈痕〉、〈以手讀詩的〉、〈嫉〉、〈曩昔的月光流著〉……即以顯著地位在《水星》上飛騰。渡也早期的詩，以單純獨立的意象，作火花式的閃耀，讓人讀來不免心中一驚，以後發展出的散文詩，深入物象內裡，挖掘一般視覺不能抵達的地方，見人之所未見，言人之所未言，獲致驚奇訝異的特殊效果。他個人特別推崇商禽，當然不無緣由。

從事新詩創作廿多年來，渡也的視鏡日形擴大，題材無所不容，從早年小我的私情（如〈嬰〉），拓展到現實鄉土的關懷（如〈落地生根〉系列），再到對古中國歷史的傷逝（如〈宣統三年〉），從而探觸擁抱宇宙的大寂寞（如〈浩劫後〉、〈王維的石油化學工業〉）。

渡也創作詩的理念是：「推翻六、七十年代的詩的語言，重新塑造一種新的平易的語言，並且迅速有力地擊中鵠的」。作者長於巧喻，製造戲劇氣氛，利用透明俐落的語言，以虛化實，燦然轉折，期能達到他所創造的冷冽、率直，而又深情的效果。

〈雨中的電話亭〉，初刊於《水星》第六號（一九七一年十一月），為他闖入詩壇的代表作，作者緊握一剎的景象，予以狠狠的一擊，令人難以招架，不讓〈紅的手推車〉（威廉・卡洛士・威廉斯作品）專美。〈手套與愛〉，借用兩個英文字的巧喻，展示愛的不同情狀，耐人尋味。〈旅客留言〉，表面雨淺言淡，寫個人的孤寂，實則情真意摯，溢滿對人類的關注：

我站在留言板前
終於被粉筆舉起
要留話給誰呢

這樣空虛莫名，以小見大，企圖穿越宇宙的情懷，捨我其誰？

萬志為（一九五三——）

破　靜

小屋
坐著
小路
躺著
小小的人
走著
風聲也聽不到
更何況落葉

直到一縷炊煙　娲娲娜娜
刀樣升起

鑑評

萬志為，福建崇安人，一九五三年五月廿五日出生，世界新聞專科學校圖書資料科畢業，為七〇年代羅青、張香華、詹澈等組織的《草根》詩社同仁，並從《草根》詩刊上崛起。爾後詩作經常在《藍星》、《創世紀》、《現代詩》發表。曾在農發會圖書館任職。

一九八一年六月，爾雅版的《剪成碧玉葉層層》（現代女詩人選集），曾選入她包括〈放歌〉在內的五首詩作，編者曾作下述的小評：「萬志為的詩，如果有所謂理趣的話，應屬於一個作者特有的自審。她對事物的觀察相當敏銳，由於詩思超脫，脈絡分明，已為女性的創作世界開了另一扇窗戶」。鍾玲把萬志為、夏宇、梁翠梅同列為八〇年代後現代主義的聲音。並指出她的詩具有「智性的清澈，語言淺白明確，運用文字的象形排列，持有後現代主義對文字的遊戲態度」。茲引她的〈家〉片段如後：

不論飛越了天涯或走過了海角
只要輕輕回頭
永遠有一盞燈，在一扇門後
只因它有一個很美的名字
就有了海的寬柔

確然，萬志為是一個喜歡嘗試實驗的人，不論語言、形式、節奏，她都力求新的感覺。〈家〉的形象在詩人的眼裡是如此的摧人心魂。

〈破靜〉是一首相當耐人尋味的好詩，曾被選入爾雅版《小詩選讀》（一九八七年五月）及九歌版《中華現代文學大系》詩卷第二冊（一九八九年五月）。本詩若一幅雲淡風輕的「向晚炊煙圖」，你瞧，那一片一片的風景，彼此很妥貼地安放在各自獨立的位置上，幾個「小」字，很孤單地站在一起，讓人讀了之後，頗有那麼一絲絲冷肅的感覺，作者由小屋、小路到小小的人，氣氛一層一層地逼近，她是真的要「破靜」嗎，無非是作者巧妙的安排，使人不知不覺走進她心靈的風景。「直到一縷炊煙，刀樣升起」，作者最後突然如此輕輕一轉，把讀者推向另一個想像的高峰，這個「刀」的意象，何其淒絕。

楊子澗（一九五三——）

我們氏族的圖騰
——記北港牛墟

一

一昂首
倨傲的天空剎那間變顯得猥瑣不堪了

二

雨量貧瘠的海濱：天未明
我們赤足走回猶有霜凍的大地
親近葉端露珠飽熟的禾苗
讓水氣湮沒裸裎的腳踝

讓白鷺鷥在你我背上休憩啄食
如此，陽光也就肆無忌憚地開了
開落在遠方被海的小沙崙
參差的木麻黃以及
所有不同的
愛之間

（因為，我們了解愛可以彌補天地的缺憾
負重忍辱、敦厚溫柔閒臥在樹下反芻
這是我們氏族的個性和消遣——）

三

而大地是我們唯一的母親
反芻著千百年來的口糧；卑微的
甘藷渺小的蔗葉和略帶鹽澀的
井水。在這裡，最後
我們被討價還價、出賣，被

遷徙到一個全然陌生的異鄉甚至
河下游的屠宰場有我們和馴的屍骨
從不哀鳴；我們也不以
幽怨的淚企圖感動黃沙和狂風
挺立、倒下和死亡
都在我們熟悉的陽光溫暖的
土地上

（因為，我們已了解生與死不過是一場輪迴
我們已經盡職、雖然有遺憾；
我們仍然確信我們的子孫
終會回到雨水豐沛的故土——）

四

故土在煙水浩淼的水鄉抑或是
那方千百年來素未謀面的田園？
林木未被開發、草地未被蹂躪

我們徜徉在潺湲的小河中
咀嚼祖先遺留下來的山色
湛藍的天空有貞潔的白雲幾朵
看葉子黃了又綠；過境的
候鳥去了又來；沒有驚慌沒有
飢餓甚至連一絲絲
不滿的情緒都不曾有過
一切十分安詳……

（因為，我們充滿了愛和關懷
日子確是浪漫而抒情。抗拒了文明的
誘惑；山和水林木和花草
都可以為藍圖作註解——）

五

在這裡，最後，我們被處決了
我們只能選擇面對向西北的方位

讓軀殼重重地仆倒
讓我們氏族的圖騰在崩潰的天空中
緩緩站起。確信並且

張望一個溫情的世代重新回來──

註：農曆每逢三、六、九日，北港溪河床地便成為附近鄉鎮牛隻販賣、宰殺出售的市集。

鑑評

楊子潤，本名楊孟煌，字子潤，號劍塵，雲林北港人，一九五三年生，高雄師範學院國文系畢業，曾任北港高中、土庫商工教師、「風燈詩社」同仁，著有《劍塵詩鈔一卷》、《秋興》等。

「風燈」詩社的主要成員，大抵是以楊子潤為主軸的高雄師院前後期校友，雲嘉地區詩人，在七〇年代末期以素淨的臉譜、抒情的調子、婉約的風尚、無爭的態度，在詩壇上創作純粹的抒情詩。這樣的詩社性格，大約是因為掌門人楊子潤所帶領而成。洛夫以〈從古典與浪漫躍升〉為題，為《秋興》詩集作序，一開始即言：「在年輕一輩的詩人中，楊子潤的風格既傾向於古典的深致與溫婉，且蘊含浪漫的綺麗與驚喜，有時偶爾也表現出對於現代世界的敏感。在語言上處處看似情溢言表，但他的內在精神卻是凝重的，甚至是悲劇性的，這種內省工夫，在他同輩的詩人中，並不多見。」

詩壇上有「方派」之說，因為方思、方莘、方旗，詩的氣質類近。其實，楊牧、楊澤、楊子澗、楊亭，風格也有可以感通之處，「楊派」之說亦可成立。可惜的是，除了楊牧從五〇年代展露頭角，持續奮鬥近四十年而未懈之外，其他六人都在八〇年代中期以後就少有作品了。

楊子澗是屬於婉約的宋詞，即使寫的是牛族的悲哀也不例外。〈我們氏族的圖騰〉為北港牛墟的牛隻舉哀，寫來溫柔敦厚，充滿哀而不怨的詩情。「我們仍然確信我們的子孫終會回到雨水豐沛的故土」，或許就是基於這樣的心情吧！充滿販售、宰殺、血腥的牛墟，寫成這樣溫厚，「台灣牛」的個性似乎也在此展露無疑。

陳義芝（一九五三——）

蒹葭

秋水潺湲地走進相望的瞳仁深處
玉臂已覺清寒的時節
我突然想起圈點過的詩經
恰恰攤開在最美的蒹葭那頁
且心痛地想著萋萋的蒹葭
是長在懷思的水湄啊

這般情懷遠從溱水洧水流向南
紛歧的水路錯落的澤鄉
再南，如候鳥南飛
度過山原及海峽

如今駐停
島上心怯的急流邊

這樣的纏綿世世有人傳唱
以古典的現代詠嘆最最赤裸的白話
最早應是周代正昇平那年
在多情的鄭風、秦風中
直到晚唐五代宋
剪燭的燈下或騎驢的背上
始終低回

總是疼惜著伊人
疼惜今生未了的情緣
當苔溼而又迷茫的路如秋意長
我感覺不論白露未已或已
恍惚的身影都成了夢裡的蓮花
那比七世更早以前

就注定要使人痛苦的人啊
亭亭那朵，在蒹葭的水域
在孤鶩斜飛的水中央
我偷眼望著，簌簌垂淚
費神地
為夜空繫上一顆顆
晦澀的星結

此後
應溯洄而上或溯游而下
應褰裳涉水或放棹流渡
啊，泠泠的弦音仍不斷從上游漂來
我隨手截撈，默默地咀嚼
白蓮清芬
萬種的風華

雨水台灣

水牛靜伏
清溪緩緩流過牠的足蹄腹背
如台灣，磐石安置大海中
牛毛般的雨水降下
落在牠褐黑的土地
多汗孔的肌膚

反芻去冬飽溢的穀香
雨中，牛把頭沉入水裡再歡喜抬起
平遠的視界順命安時
沿著田埂和泥畦
像農夫於午間進食時蹲坐樹下
自青草嚼舌的河岸

描繪霧雨蒼蒼的春原

犁耙牽引
一畝畝一頃頃的田土踢腿翻身
睜開童濛的睡眼了
攝氏十五度吹東北季風
祖先明示立春
溝水湧向田央，地氣上騰
萌芽的稻種如頑皮的孩子
被木鏝輕輕摟進懷裡

早熟的甘蔗懷藏甜蜜的心事
白胖的蘿蔔渴望除去厚重的泥襖
當香蕉展笑臉，鳳梨吐出青澀的愛意
天地和合美麗的正月
雨水從曆書下到田裡
從童年的夢流至筆下

濁水溪旁的龍眼漸開出細白小花
高雄芒果準備好交接蜂吻
屏東蓮霧呵，早早就訂了初夏之約
而我——來自遠方
正子時之交，乘亂風而起
原本就是雨水
最親的兄弟

鑑評

陳義芝，原籍四川忠縣，一九五三年生於花蓮，後又移居彰化、台北。台中師範專科學校畢業、台灣師範大學國文系學士，一九七二年曾與蘇紹連等人創辦「後浪」詩社，後改為「詩人季刊」社，由蘇紹連、陳義芝等擔任主編。曾任職小學國中為教師、《聯合報》副刊組副主任，現任台灣師範大學國文系教授。著有詩集：《落日長煙》（一九七七年）、《青衫》、《新婚別》（一九八九年）、《不能遺忘的遠方》、《遙遠之歌》、《不安的居住》、《邊界》、《掩映》等。另有詩評集《不盡長江滾滾來》（中國新詩選註）。

游喚曾經直截了當說陳義芝是標準的「中文系詩人」，說「他是一位傳統的典故守護者，他的詩以典故為主，包含意念上轉化古典，修辭上變創古代語典，以及意象、詩題、詩的形式等珠方面之淵源古典。」如果以陳義芝前兩冊詩集來看，我們可以感受到濃烈的古典婉約氣息，「落日長煙」不就是改變自「大漠孤煙直，長河落日圓」的意象？「青衫」則襲自「江州司馬青衫溼」，「新婚別」不也是仿自杜甫的三別之作？雖然，第三冊詩集也延續了前二書的基調，不過一九八八年陳義芝曾赴大陸一探，歷史中國與地理中國相互衝激，古典中國與現實中國相互拉扯，詩人的心豈能不凜然一驚？《新婚別》的詩篇顯然已可以看出詩的語言不免古典，而詩的意想則已逐漸走向當下。

這種創作路線的意義，游喚在〈陳義芝論〉中認為：「一方面說明一個詩人的學問背景確實關涉他的詩作表現，也反證現代詩非要向西方學習不可。」所謂「中文系詩人」其價值也在此。

到了《不能遺忘的遠方》，連詩集之名都使用完全的白話句，雖然可以覺察仍然有一絲淡淡的對「遠方」的依戀，但是，對生命凝視的角度已有了修正，他在〈自序〉中表白：「對使用文字的人來講，不僅思維方式改變不易，習用字彙的捨棄、翻新，也十分困緩。但近年來，我同時努力作這兩項改變，盡量放鬆語氣，選擇一種快速、不遲疑的筆調。……寫詩，我已厭煩文謅謅苦行僧式的遲重表現，更厭惡故作詩語的膏藥把式。在『以清通可解的句法，創造雖不可解而可意會的情境』和『以彆扭不易解的字詞解構，表現雖可解而實無趣的意思』之間，如何選擇，其理至明。」一個嶄新的從「文化中國」走出來的詩人，帶給我們徹底融入「現實台灣」的詩境，〈蒹葭〉與〈雨水台灣〉正是前後期陳義芝的傑出表現。

王添源（一九五四——二〇〇九）

給你十四行
——一九八七年夏至日

給你，其實一行就夠了。可是對你的懷念
就像夏至的陽光，熾熱、鮮紅、悠遠
就像切斷的蓮藕，弱小、白皙、纖細的絲
愈拉愈長。因此，我才了解，對你的愛戀
永遠無法一刀兩斷。要向你說的話永遠
無法言簡意賅。於是，我就要寫十四行
來想你，纏你。先寫三行半，運用意象
暗喻我扯不斷理還亂的思緒。再寫三行半
平鋪直敘我難以捨棄的，對你的情感。接著
四行，是要解釋怕你看不懂，我字裡行間

深藏的意義。然後在十三行之前空下一行，讓你思考
等你都明白了，再讓你看最後兩行。

給你我所能給的，並且等待你的拒絕
流淚，是我想你時唯一的自由

鑑評

王添源，台灣嘉義人，一九五四年生，輔仁大學英文系畢業，淡江大學西洋語文研究所碩士，廈門大學歷史研究所博士。一九八六年以長詩〈我不會悸動的心〉獲第九屆時報文學獎「新詩評審獎」，擔任決審的鄭愁予曾以「亂針繡萬象」評論此詩，認為此詩意象雜陳在一起，正如刺繡的亂針繡法，山水畫的亂披風皴法，最後仍是在企圖一個完整的形象。鄭愁予說：「早期現代主義以『主知』反浪漫主義。超現實主義又藉從自我出發的浪漫心態向主知反動。現代主義的內涵卻也因之更為廣義。潛存的古典、沉澱的浪漫，也都要在現代多元傳播孔隙中浮現出來。這首詩便或多或少把這些經驗作了有意或無意的綜合，使現代主義的定義發展到『廣義』之後逐漸失去意義。這就是所謂後現代主義發展的一些端倪了。」這段話或許可以解讀為：王添源承現代主義而啟後現代主義，是兩個大思潮之間努力思考詩的走向的重要作者。

曾任書林書店執行主編、東吳大學英文系講師、文鶴出版公司總編輯。著有詩集《如果愛情

像口香糖》（一九八八年），《我用贗幣買了一本假護照》（一九九五年）。

王添源大學時代，崛起於《草根》詩刊，語言詼諧，頗有羅青運筆之風，但比羅青多一分嘲諷世俗之意，如〈給我一頭腦震盪的豬〉說：「給我一副不辨聲色的耳和眼／給我一顆不會愛恨恩怨的心／讓我過一段無須思索的歲月／給我一位不必廝守的伴侶／給我一張不是睡覺的床／教我一種不必避孕的做愛方法……」。諧趣的現代詩傳統，從紀弦、羅青到王添源而有了更多元的發揮，取為集名的〈如果愛情像口香糖〉也一樣充滿機智、嘲弄的口氣：「如果愛情像口香糖／當你嚼淡了／在各處都可看到／販賣或兜售的地方／再花五塊錢買一包／重新咀嚼／甜甜白色的膠」。

洛夫的《石室之死亡》、向陽的《十行集》，都曾以固定的十行發展浩淼廣博的詩想，洛夫的《石室之死亡》甚至於讓讀者與評者都忘了十行桎梏的存在，王添源在近五年內費心經營馮至之後久被疏離的「十四行詩」，其意亦同，戴著鐐銬跳舞，是詩人自信的表現，也是詩人毅力的挑戰。王添源終究要成就他的「十四行」天地（集結為《我用贗幣買了一本假護照》）。〈給你十四行〉是其中情意深濃的一首，將深濃情意夾纏在詩行的實際行數中遊走，一面解說目前行走的行數，一面暗喻思緒，後現代的設計，其詼諧與羅青〈一封關於訣別的訣別書〉相比，不惶多讓，其情意則纏綿許多。最後，「流淚，是我想你時唯一的自由」，這是寧願深情的表白，也是從十四行形式脫離的「自由」。

楊　澤（一九五四——）

煙

請讀我——請努力讀我
我是沒有手紋的一隻掌
我是沒有五官的一張臉
我是沒有刻度沒有針臂的一座鐘
請讀我——請努力努力讀我
我是沒有銘辭沒有年月的一方
一方倒下的碑

請讀我——請努力讀我
非掌非臉非鐘非碑的
我是縮影八〇〇億倍的一個

小寫的瘦瘦的 i
請讀我——請努力努力讀我
我是生命，我是愛，我是不滅的
靈魂，焚屍爐中熊熊升起的一片
一片獨語的煙

鑑評

楊澤，本名楊憲卿，台灣嘉義人，一九五四年生。台灣大學外文系、外文系研究所畢業，美國普林斯頓大學文學博士。為台大「現代詩社」發起人之一，曾獲第二屆時報文學獎敘事詩獎佳作。曾任《中國時報》「人間」副刊主任，著有詩集：《薔薇學派的誕生》、《彷彿在君父的城邦》、《新詩十九首》等。

楊牧在序《薔薇學派的誕生》時說：「詩與愛是楊澤作品中重要的主題。詩是唯一的宗教，愛也有近乎宗教的力量，而且超乎宗教的永恆博大。詩可以征服死亡，愛也可以征服死亡。」林燿德則認為楊澤是新世代中最重要的詩人之一，「他的作品可以說是浪漫婉約派的典型。學院派的修辭素養，現代知識分子的淑世襟懷，以及詩中透露出來的文化鄉愁與歷史意識，這三大特色共同組合交錯成『楊澤印象』。」（見《一九四九以後》第五十九頁）。不過，也有人認為他應該擺脫「軟弱無力的詩風」，簡政珍在《台灣新世代詩人大系》〈楊澤論〉中就說：「楊澤有不少的詩是散文的文句加上華美的詞藻而排成詩的格式。」「楊澤是新世代較具代表性的抒情詩人，但所謂抒情仍需要賦予知性的思維才能臻至人生的沉潛。」（上冊‧三五九～三六〇頁）。

《薔薇學派的誕生》是他大學時代的作品，《彷彿在君父的城邦》則是研究所時期的作品，出國留學之後，任教布朗大學期間，又有什麼樣的作品，未見結集，無法得知，是不是也如瘂弦一樣，我們只能讀楊澤的七〇年代？

〈煙〉，可以將此詩當作由此延續到來生的情詩來讀，我是「焚屍爐中熊熊升起的一片獨語的煙」，因為是獨語，所以「你」不一定聽到，但即使是一縷煙也仍然「是生命」、「是愛」、「是不滅的靈魂」，即使沒了手紋，沒了五官，沒有銘辭，而且還縮影八〇〇億倍，我仍然是「我」，仍然是存在。或許這就是楊牧說的：「詩可以征服死亡，愛也可以征服死亡。」

陳　黎（一九五四——）

春夜聽冬之旅
——寄費雪狄斯考

這世界老了，
負載如許沉重的愛與虛無；
你歌聲裡的獅子也老了，
猶然眷戀地斜倚在童年的菩提樹下，
不肯輕易入眠。

睡眠也許是好的，當
走過的歲月像一層層冰雪
覆蓋過人間的愁苦、磨難；
睡眠裡有花也許是好的，

當孤寂的心依然在荒蕪中尋找草綠。

春花開在冬夜，
熱淚凍僵於湖底，
這世界教我們希望，也教我們失望；
我們的生命是僅有的一張薄紙，
寫滿白霜與塵土，嘆息與陰影。

我們在一撕即破的紙上做夢，
不因其短小、單薄而減輕重量；
我們在擦過又擦過的夢裡種樹，
並且在每一次難過的時候
回到它的身邊。

春夜聽冬之旅
你沙啞的歌聲是夢中的夢，
帶著冬天與春天一同旅行。

註：年初，在衛星電視上聽到偉大的德國男中音費雪狄斯考在東京演唱的「冬之旅」。少年以來，透過唱片，聆聽了無數費氏所唱的德國藝術歌曲，多次灌錄的舒伯特聯篇歌曲集「冬之旅」，更是一遍遍聆賞。這一次，在闃靜的午夜，親睹一首首熟悉的名曲（菩提樹、春之夢……）伴隨歲月的聲音自六十三歲的老歌者口中傳出，感動之餘，只能流淚。那蒼涼而滄桑的歌聲中包含多少藝術的愛與生命的真啊。

・一九八八年

擬泰雅族民歌

一、熱情

我情願我的愛在遙遠的地方，
這樣我可以更大膽、自由地和她說話
（啊，只能夠在耳邊低聲細語是多麼地

蒼蠅蜘蛛螞蟻啊！）
我可以牽她的手，踢她的腳，
不必怕她斜眼闊肩的舅舅、舅媽；
我可以放開喉嚨大聲歌讚，
不必怕對街的夜鶯傳播學樣。

我情願我的愛在大雪紛飛的北方，
那兒，在重重的睡意與顫抖間
她將更清楚地記起南方的夜空：
五月的汗水，七月的熱

二、房子

有人把房子蓋在石頭上；
有人把房子蓋在鋼柱上；
我把房子蓋在酒罈上，
地震來時跟著溢出的酒香搖擺歌唱。

三、世界

世界很重，
世界不穩，
世界是上上下下的蹺蹺板。

深思熟慮的人們懷抱憂愁
聚坐在世界的一邊——
（世界好重！）

爭名奪利的人們披戴盔甲
擁擠向世界的另一邊——
（啊，世界傾斜了！）

世界很重，
世界不穩，
我是無助於衷的天平。

四、歷史

得其黎溪。世界的母親
淘金船從西班牙來
載走了砂金，載不走夢。
淘金船從葡萄牙來
載走了溪水，載不走你。

流血過。
流失過。
戰鬥過。
反抗過。

運兵船從大日本來
載走了戰士，載不走恨。

運兵船從唐山來
載走了家鄉，載不走你。

五、峽谷的月光

峽谷的月光慢慢地流，
流過我的寶寶遊戲的溪岸，
羚羊，麋鹿，童話的豬，
一隻隻走進她的心上。

峽谷的月光慢慢地流，
流進我的寶寶睡夢的池塘
蝴蝶，紙船，銀色的蜂，
隨著她的微笑輕輕顫。

峽谷的月光慢慢地流，
我的寶寶酣睡了。
她的夢裡有繁美的花，

開在母親的歌聲上。

附記：得其黎溪即立霧溪，流過太魯閣峽谷，太魯閣泰雅族人所居。《花蓮縣志稿》卷首大事記第一條記載：「明天啟二年（西曆一六二二年）西班牙人至哆囉滿（今得其黎溪）採取砂金。」

・一九八八年

鑑評

陳黎，本名陳膺文，台灣花蓮人，一九五四年生，台灣師範大學英語系畢業。曾以〈最後的王木七〉獲時報文學獎敘事詩首獎，以〈小丑畢費的戀歌〉獲推薦獎；也曾得國家文藝獎、梁實秋文學獎詩翻譯獎。著有詩集：《廟前》、《動物搖籃曲》、《小丑畢費的戀歌》、《親密書》、《給時間的明信片》、《家庭之旅》、《小宇宙》、《島嶼邊緣》、《苦惱與自由的平均律》、《小宇宙：現代俳句二〇〇首》、《打狗名信片詩》、《小宇宙&變奏》等。

一九八〇年，陳黎出版了他最前面的兩冊詩集，結束了他從前行代詩人作品中汲取養分，發揮想像力，充分練習各種詩的體裁的時代。這一年，陳黎寫作敘事詩〈最後的王木七〉而得獎，現實中的卑微人物也有他的品質和尊嚴，促使陳黎長時間陷入思考，如何拿捏人生、現實與現代詩前衛手法。這段思考時間極長，將近十年，一九九〇年他才出版《小丑畢費的戀歌》，從此以後，陳黎的創作源源不斷，揮灑而來，自在自如，再無生澀之感。

將近十年的時間，到底是什麼力量蠱惑著他、激引著他？一是花蓮特殊的山水與人文景觀，花蓮有著豐富的山、水、海、風，懸崖峭壁，花蓮原住民的山歌、生活型態、思考模式，「後山人」的覺醒，都刺激他去凝視現實，回溯歷史。二是翻譯拉丁美洲的文學也促使他反思台灣的位置該放在哪裡？陳黎與其妻張芬齡曾合作翻譯拉丁美洲現代詩選、帕斯、聶魯達、密絲特拉兒、沙克絲等人詩集，他們的特質何在？台灣如何擁有自己的面貌？陳黎透過拉丁美洲而反省台灣，心中自有定見。三是長久以來沉黎對音樂的執著與沉迷，對音樂長久浸漬的現代詩人，通常會有極高的品味表達他的詩境，陳黎、簡政珍都是很好的證例。

〈擬泰雅族民歌〉，可以看出原住民豐厚的文化內涵，開啟現代詩的視野。

〈春夜聽冬之旅〉，是詩人在衛星電視上看到六十三歲的德國男中音費雪狄斯考演唱舒伯特的「冬之旅」，有感而寫下的詩。自老歌者口中傳出的聲音帶有幾分沙啞、幾許蒼涼，不似以往雄渾有力，詩人感嘆：「這世界老了……/你歌聲裡的獅子也老了」。然而隨著生命的歷練，老歌者對歌曲的詮釋也越見深刻有味；聽者也隨著對生命滄桑的認知，愈發地感受到藝術的愛。藝術的愛即在於它道出了生命的真，寬廣地包容了人間的苦樂，忠實地接納了難過的我們，在最冷的冬天帶領我們穿過「層層冰雪」，在夢中同遊春天，尋找綠草、春華，在最輕薄、脆弱的生命土壤中，為我們種下希望的綠樹。偉大的藝術在陳黎心中該也是一座象徵撫慰、溫暖的遠山吧！

（此為張芬齡之註釋，可供參考。）

詹澈（一九五四——）

翡翠西瓜

翡翠西瓜據聞為故宮國寶，琢於何朝盛代待考。唯南朝偏安歌舞昇平，北梁爍金為寺亦無功德。至國共內戰輾轉流落，過宋氏垂簾繡手，今伊西出陽關，不再顧盼，終將不知何處……。

想用最平白的語言
（像對著已過身的不識字的母親說話）
想用最簡單的文字素描翡翠西瓜
（像在像貝殼像貝葉的西瓜葉上寫象形文字）
想在觀注中
浮現那個朝代的剪影
然而煙雨和硝煙

從眼、從耳、從鼻入侵
（我坐在西瓜寮的板床上
讓黑暗印證黑和夜本是一體而不同性）

太陽白色時從東方進入眼界
紅色時遍照至天邊和眼角
但黑色眼珠的中央
在最黑暗的黑暗處
它吸取又放量星的光能
（我坐在西瓜寮的板床上
想如何遮住侵犯的人世燈光
想更清楚的見那最遠最遠
難以億計難再現的星）

然後——
我呼口氣緩緩站起
倚在門口，看著西瓜園

一粒真實，真實的西瓜
不知不覺已經長大
汗水和心血所澆灌了的
那細細網絡好像經緯
網住地球上未成熟的紅色
綠色果皮已褪盡絨毛
眼前正在成長的圓
無需歷史辯證法則
無需人性解析
在月色下發著微微的光亮
早已是個存在

但另一個被雕琢的影子
翡翠西瓜
曾經擺置宮廷角落
留連在閒人的眼光餘波
從烘托的光圈中

人們認真識假認假識真
在翡翠、綠玉和瑪瑙的界中徘徊
豈知
那雕琢的原始勞動者以他的苦行
用完美的完成舒解生存的飢渴
藍、綠、赭、黛、靛、紫的交織色彩中
是否有那麼一點鮮紅是他的血
有那麼一點白晶是他的淚
時間凝固在那點上
空間縮小至極肉眼所現
是一粒原子或至介子
因力而有光譜
而有七種慾望的形式

那些終將被擺置在二十一世紀的拍賣場上
真實的和真實中的假相
都歸類為物化後異化的商品

世界財富南北不均但暫時堆積
在一個角落蘇富比
在那裡人們可以用嘴叫喊一個數字
可以交換地球的元素錦繡河山的結晶
和　人的靈魂
紙，可以交換黃金，但
包不住火、慾望和肉體
那真實的和真實中的假相
終將在時空下解構敗壞
試看那翡翠西瓜
烙印了歷代帝王的手紋
他們的愛憎交織成那細細的
肉眼看不見的網絡
還有那勞動者的苦行所留下的雕痕
還有那文字所記
看得見與看不見的都不再有時
只剩下那駐留的一點星光

在翡翠西瓜的體內游離
在它原本是礦的那座山上放量

鑑評

詹澈，本名詹朝立，彰化溪洲人，一九五四年生。因家鄉水患，隨父母遷居台東，畢業於屏東農專。一九七六年，與李男、羅青、張香華等人組織「草根詩社」，出版詩刊。當兵時，與王拓、蔣勳等人認識，曾協助王拓競選國大代表，參與《夏潮》、《鼓聲》、《春風》等反對陣營宣導雜誌之編務。一九七九年回台東定居，擔任台東地區農會推廣技術員，更真實地思考台灣農村社會、文化和經濟問題。詹澈自承與現代主義格格不入，到是從小和農民、老退伍戰士、長工等生活，台語歌成為生活的一部分，影響他不少。著有詩集《土地請站起來說話》、《手的歷史》、《海浪和河流的隊伍》、《小蘭嶼和小藍鯨》、《綠島外獄書》、《餘燼再生》等，並有系列短詩《西瓜寮詩輯》，〈翡翠西瓜〉即選自此輯。

蔣勳認為詹澈回歸農村後，少了一點前期的狂執與暴躁，卻多了一份從容到來的冷靜與沉穩。而且，因為他從農村往都市游離，又再歸回農村的經驗，使他具備著較完全的視野來觀看今天的台灣、中國——和最重要的，世界與人類（見《土地請站起來說話》序）。

詹澈的詩崛起於七〇年代末期，寫實文學盛行的時代，他的詩具寫實主義有聞必錄的細膩風格，也有理想主義燃燒自己的浪漫個性。

〈翡翠西瓜〉是故宮國寶，詹澈將它拿來與自己汗水和心血所澆灌的西瓜相比，形成相當突兀的場面。一個是實實在在的瓜，立刻可吃，「無需須歷史辯證法則／無需人性解析／在月色下發著微微的光亮」；一個是「異化的商品」，在蘇富比拍賣場，用嘴叫喊一個數字「可以交換地球的元素錦繡河山的結晶和人的靈魂」。詹澈不能否定翡翠西瓜的天價身價，但他卻拿一顆平凡而真實的西瓜與之相比，「生命力」呼之欲出，而且鏡頭一轉，詹澈寫那雕琢翡翠西瓜的原始勞動者，在這樣的藝術品中「是否有那麼一點鮮紅是他的血／有那麼一點白晶是他的淚」，顯現了他一貫的人道關懷。此詩與余光中〈白玉苦瓜〉相較，詩人功力與關懷角度之不同，十分清楚。

向陽（一九五五——）

小站

彷彿還是去年秋天
被雨打溼了金黃羽翼的
故鄉的銀杏林下，那朵
畏縮地站在一抹陰翳蒼茫中
鮮紅的，小花？

透過今春異地黃昏的車窗
望去：一隻鷺鷥
　　舞動著灰白的雙翅
　　　　在緋麗的晚雲裡，翩翩
飛逸！

立場

你問我立場，沉默地
我望著天空的飛鳥而拒絕
答腔，在人群中我們一樣
呼吸空氣，喜樂或者哀傷
站著，且在同一塊土地上

不一樣的是眼光，我們
同時目睹馬路兩旁，眾多
腳步來來往往。如果忘掉
不同路向，我會答覆你
人類雙腳所踏，都是故鄉

阿爹的飯包

每一日早起時，天猶未光
阿爹就帶著飯包
騎著舊鐵馬，離開厝
出去溪埔替人搬沙石

每一暝阮攏在想
阿爹的飯包到底啥麼款
早頓阮和兄哥呷包仔配豆乳
阿爹的飯包起碼也有一粒蛋
若無安怎替人搬沙石

有一日早起時，天猶黑黑
阮偷偷走入去灶腳內，掀開

阿爹的飯包，沒半粒蛋
三條菜脯，蕃薯籤摻飯

鑑評

向陽，本名林淇瀁，南投鹿谷人，一九五五年生。文化大學日文系畢業後，投身新聞編輯工作二十多年，曾任《時報周刊》主編、《大自然雜誌》總編輯、《自立晚報》文藝組主任兼副刊主編、《自立早報》總主筆等職務，重返大學，取得大眾傳播學博士學位，現任台北教育大學台灣文學研究所教授。著有詩集《銀杏的仰望》、《種籽》、《十行集》、《歲月》、《土地的歌》、《四季》、《心事》、《向陽台語詩選》、《亂》等。

高中時代向陽已開始創作新詩，並籌組「笛韻詩社」，深受楚辭、舊詩詞影響。一九七九年向陽鳩集了張雪映、李昌憲、苦苓、林野、陳寧貴、劉克襄等人成立「陽光小集」，出版詩刊，只一年時間，為台灣詩壇帶來極大的衝擊，使詩走出單純的文字媒體，讓詩與音樂、詩與政治結合。一九七九年向陽以長篇敘事詩〈霧社〉獲得首屆時報文學獎敘事詩獎，鄭愁予譽之為「為詩獎拔起高峰的一首詩」；一九八五年與楊青矗同赴美國愛荷華大學作家工作坊，訪問四個月。在以台灣本土為唯一導向的詩人群中，向陽獲得極高的地位，在以藝術技巧為重的另一群詩人中，向陽也有十分肯定的評價。

對於「詩人」的定義，向陽秉持：「詩人是，而且只是一個用詩來傳達人的感情的人。」向陽說詩人「他的喜樂來自於土地和人群，他的哀哭也源自土地和人群。脫離了土地和人群，詩人的一切身段便成虛矯，木然而無生氣。」（《歲月》前序）。以此來看向陽所有的詩篇，都可以獲得合理的解說。在「中國」與「台灣」糾纏不清的思潮中，向陽的觀點或許代表了大多數與他年紀相彷彿的台灣知識分子的心聲：「對於歷史的、文化的中國，從早期浪漫的夢想的嚮往，已逐漸傾向於理智的應用的尊敬，也從人文秩序的全盤接受，轉於自然秩序的衷心服膺；而對於地理的、現實的台灣，則從鄉里情結的追思膠著，逐漸進入於生活環境的省視前瞻，也從自怨自艾的悲愁，轉於自尊自重的勇健。」（《歲月》後記）。

〈阿爹的飯包〉是向陽致力「台語詩」的代表作，具極短篇的縣疑效果，有抒情文的感人力量，兼散文賦的聲韻氣勢。〈小站〉與〈立場〉，都以向陽最擅長的「十行詩」寫作，且都十分重視韻腳之安排，一則抒其情，一則表其志，特別是〈立場〉一詩，對於那些喜歡自我拘限、眼光如豆者，未嘗不是一帖醒腦劑，同樣是站在台灣這塊土地上，喜樂或者哀傷，命運共同體的認知應該早就具備了，而且眼光不要只看馬路兩旁，看看天空飛鳥吧！「人類雙腳所踏，都是故鄉」，這樣的立場是真正具有國際視野的詩人。

沈志方（一九五五——）

書房夜戲

半夜
颱風剛過
太太回娘家
一疊學生作文忽然改完
明天放假後天發薪
初夏的遺憾之事
實在說，所剩不多

所以囉
右腳一伸就擱在
案頭莊子齊物那一章上

徐徐噴煙與蚊子共享
長壽的滋味，閒看牆角蟑螂
逍遙於無何有之鄉
讓群書在架上倒立

（所以囉，不為無聊之事
何以助此有涯之興？）
所以囉
寫兩張半懂不懂的甲骨
嚼兩顆半澀不澀的檳榔
算兩遍半悲不悲的薪水
看兩章半怪不怪的古龍
猛抬頭，小李飛刀例不虛發——
著！

「哎喲！」我摀住積滿灰塵的心
劈面被窗口射來的

第一道曙光
射中

禪的對話

路，到此處已接近完成
我以素淨的巍峨，永遠等候
你來我的心房右側對談。其實
挑空的結構正好讓你了解
我寬敞的心，如何
容納夏的羸弱，秋的激昂

路到此處已接近完成
心呢？——你在入口問我
我微笑，風起自一株菩提
我坐在此處打開身體的每一扇窗

讓你進入，一起用眼睛的窗
閱讀人生和四季變化的奧義
用耳朵的窗聆聽
草木對答與日月轉動的聲音
用雙手的窗去觸撫
花的芳香，風的自由
我打開身體的每一扇窗，回答你

來，讓我們一起體會陽光
如何在身體流轉
春夏與秋冬，快樂與悲傷
如何恬靜自如的在我們體內流轉
而不驚動時間與塵埃
不驚動慾望
不驚動心

鑑評

沈志方，浙江餘姚人，一九五五年八月廿五日生，東海大學中文系畢業，後取得該校中文研究所碩士，曾任《遠太人》月刊總編輯，現於東海大學中文系及僑光商專任教。曾獲東海大學文學獎新詩獎，《創世紀》創刊四十周年詩創作獎。著有詩集《書房夜戲》、《結局》等；論著《漢魏文人樂府研究》等。

七〇年代中期開始詩的創作，但始終不曾對外投稿，直到一九八三年夏天，他的一輯詩作，包括〈明日之怒〉、〈句點〉、〈退伍心情〉、〈最後的野宿〉等，無意間被《創世紀》的老編發現，在該刊第六十一期以「特別推薦」專欄方式刊出，並作下列之簡評：「從我們選刊的五首詩作中，讀者不難發現沈志方不凡的才具，浪漫加古典，卻又透露出一股知識分子特有的狷介之氣。他的作品泰半從現實中取材，而其所呈現的卻是一分相當敏銳而又濃烈的感性」。自此以後他的詩作，即經常在報刊披露。一九九一年五月，他的處女詩集《書房夜戲》由爾雅出版社刊行，立即獲得不少的掌聲。作者在〈後記〉中追述：「十六年的創作生涯對詩的想法當然不少，我堅持一首好詩必須通過「立即的驚喜」與「沉思的回味」兩項考驗。——在這個標準下，抒情或切理，晦澀或淺朗，鄉土或惟美，載道或純粹，其對立性自然驟減」。又說：「寫詩，是一種心力交瘁的愉悅。我視它如一樁長遠事業的起點，亟盼自己能細細護持這分莊嚴的承諾，誠懇推開一扇扇詩史的門，誠實、執著而雍容的從傳統走入『新而深刻』的現代詩堂奧」。由於作者這番鞭辟入裡的洞見，不啻是進入他創作世界的一把鑰匙。洛夫對他的評定至為精準：「他詩中的小我不見其輕瑣，大我不見其空疏，讀來總令人體會到處處有作者，但也處處有讀者」。沈志方一直勇於接受新的挑戰，捕捉日常生活的意象，揉合古典與現代的情趣，堪稱箇中能手。〈書房夜戲〉滿溢生活的幽默，享受獨娛的瑣碎，詩中連連出現神來之筆，引人狂喜。〈禪的對話〉，充分流露作者誠摯纏綿的草木日月之情，譬如「我微笑，風起自每一株菩提」，「用雙手的窗去撫觸花的芳香」，「快樂與悲傷，如何在我們體內流轉，而不驚動時間與塵埃」，……讀這些既有禪思又富哲想的佳句，吾人豈能忘卻原來「以詩釋詩」也是可行的方法之一。

羅智成（一九五五——）

觀音

柔美的觀音已沉睡稀落的燭群裡，
她的睡姿是夢的黑屏風；
我偷偷到她髮下垂釣，
每顆遠方的星上都大雪紛飛。

一支蠟燭在自己的光焰裡睡著了

一支蠟燭在自己的光焰裡睡著了。

寶寶，讓我們輕輕走下樓梯。
把睡前踢翻的世界收拾好
妳還留在地毯上的小小的生氣
把它帶回暖暖的被窩裡融化

一支蠟燭在自己的光焰裡睡著了。
時間的搖籃輕輕地擺
死亡輕輕地呼吸
我們偷偷繞過它
寶寶，緊緊懷著我們向永恆求救的密件。

讓我們到沙灘上放風箏！
從流星在夜幕突破的缺口
探聽星星們的作息
讓我們到妳髮上去滑雪
一切，請不要驚動了我們的文明。

一支蠟燭睡著了，像奇妙的毛筆，夢囈般朝空中畫著。
讓我們在打烊前到麵包店
購買明晨的早點
如果妳願意，稍後
我們將行竊地球底航圖

一支蠟燭在自己的光焰裡睡熟了。
寶寶，用妳優美嘴型吹滅它。
我們豢養於體內的死亡一天天長大
他們隔著我們的愛情
彼此說些什麼？寶寶
但妳美麗又困倦，睡前
那些情懷，妳歪歪斜斜地排置妝桌上。

鑑評

羅智成，湖南安鄉人，一九五五年生於台灣，台灣大學哲學系畢業，美國威斯康辛大學東亞語文研究所博士。曾任《中國時報》人間副刊編輯、《中時晚報》副刊主編、中央社社長。著有詩集《畫冊》、《光之書》、《傾斜之書》、《擲地無聲書》、《寶寶之書》、《光之書》、《泥炭紀》、《擲地無聲書》、《黑色鑲金》、《夢中書房》、《夢中情人》、《夢中邊陲》、《諸子之書》、《迷宮書店》等。

羅智成與楊澤同屬於早慧詩人，中學時代即嶄露頭角，二十歲已出版第一冊詩集，詩之氣質同樣接近楊牧，楊牧同樣為他們兩人的詩集作序。楊牧說羅智成「秉賦一分傑出的抒情脈動，理解純粹之美，詩和美術的絕對權威，而且緊緊把握住創造神祕色彩的筆意。」（見《傾斜之書序》）。羅智成詩中永遠存在著一個獨白或對話的對象——寶寶，類近於喃喃自語中，開展他的「玄學憧憬與幽人意識」（林燿德語），印證於他的繪畫作品，中世紀單調的寺院和僧侶圖像，黑而長的投影，自有一股玄祕的氣息升起。大部分的現代詩人與杜甫、李白、李賀、王維之精神相往來，羅智成獨與孔、荀、老、莊談玄說道，刻畫他們黑色的袍影，在現代詩中形成一個黑色而神祕的底流，不時蠱惑著詩心。

大塊之黑自應有紛飛的雪白相對應，〈觀音〉有厚實的黑屏風，也有虛擬的大雪紛飛之景，黑白之辨，沉穩與飄逸之別，在一實一虛中對映出「我」的孤寂。

〈一支蠟燭在自己的光焰裡睡著了〉，自從顏元叔之後，很多人看到蠟燭就不假思索說是性愛的象徵，林燿德在〈微宇宙中的教皇〉即說「蠟燭是男性性器、是愛情、也是生命本身的象徵。」（見《一九四九以後》第一二二頁）。不過，早在一九七九年張漢良導讀此詩時，即言「蠟燭所包含的意義，不僅是指夜晚，更作為生命通向死亡過程的暗喻或象徵。」張漢良說：「蠟燭的比附意義，曾在國內造成一陣震撼。顏元叔曾以男性象徵解釋王融〈自君之出矣〉中的蠟燭意象，頗為傳統學者詬病。葉嘉瑩認為在中國古典文學傳統中，蠟燭的象徵意義有三：㈠象徵光明皎潔之心意；㈡象徵悲泣流淚；㈢象徵中心煎熬痛苦。以上是約定俗成的象徵意義。然而，詩人自可經營象徵，李商隱『春蠶到死絲方盡，蠟炬成灰淚始乾』兩句中，蠟燭燃燒與春蠶吐絲皆為生命成灰過程的象徵。本詩的蠟燭意象殆可作如是觀。」（見《現代詩導讀》第三冊二六六頁）。可以說，李義山蠟炬成灰淚始乾，有著深沉的悲痛，羅智成的蠟燭在自己的光焰裡睡著了，卻有著理性而安詳的安排：「死亡輕輕地呼吸／我們偷偷繞過它」。

趙衛民（一九五五——）

小滿歌

若我們對談，從黃昏星開始，
在豆棚下，在蛙聲嘓嘓中，
誰也不記得誰說了什麼！
但不曾遺忘繁星與溫情，
也不曾遺忘哪裡來的水聲，
訴說那隱藏夜裡的桃花源。
若我們對談，到東方既白，
就將在鼾聲裡，錯過美景了。

或仍是對談，卻已沉默……
山歌喚醒暖洋洋的春耕圖，

水牛犁過甜美的夢土，
櫻桃笑了，也在溪邊姑娘嘴上，
浣著的紗，不經意地漂走了，
停擱在對岸出神的少年腳邊，
而他在踩著水車，卜卜啪啪地，
水就流呀流地湧向蔬菜園。

隱隱的，還有紡車在響著，
那麼，在韻律裡，
一切都醉了，
不管醒著還是睡著的。

鑑評

趙衛民，浙江東陽人，一九五五年生於台灣，文化大學中文系文藝組畢業，轉讀哲學研究所，曾任《聯合報》副刊編輯，獲博士學位後，轉任彰化師大國文系副教授。曾獲國軍新文藝金像獎，時報文學獎等。現任淡江大學中文系教授，出版詩集《望海潮》、《巨人族》、《芝麻開門》、《情人與仇敵》。

文化大學中文系文藝組以培養創作人才為主要目的，黃勁連、趙衛民即出身於此，因而，「中文系詩人」的個性也顯現在趙衛民的詩中，他自己承認：「我愛傳統，這源自超經驗的民族情感。這種情感，活在老一輩悵然的回憶裡，活在背讀過的古典詩詞裡，甚至活在我們微小的習慣當中。」（《望海潮》後記）。對於自己的詩，他以「鷹雕的吟聲」自況，「牠靜靜地佇候，並且凝盼幾隻已在雲裡的蒼鷹。從牠們飛翔的姿勢裡，領悟了生命如何流動成諧和之美。從牠們拔起的尖嘯裡，領悟到生命如何貫注成瞬間的陽剛之美。牠們偶然以愁胡般的側目，彷彿是在聆聽著千秋的流聲。當牠們兀立在高岡的時候，牠們是在照看著廣宇悠宙。或偃頸而宛轉，或矯首而長嘯，那無非是生命之大美所凝注。」（《望海潮》序言）。

所以，看啊！這鷹的吟聲，顯現一個向上超越的精神，或長或短，都是生命過程裡激情的迴響。長詩如《巨人族》中的〈夸父傳〉、〈后羿傳〉、〈文丞相〉，都有昂揚的生之意志以見證生命的愛和美，不論是神話中的夸父、后羿，歷史上的文天祥，都樹立了光明的人格典範。〈小滿歌〉則是另一種生命的淺唱，寫友情相悅的那一分怡然，襯以二十四節氣的「小滿」——小小的滿足，農村恬靜的自適與沉醉，不必多說什麼，心卻可相會通：「或仍是對談，卻已沉默……」。

讀哲學而寫新詩的朋友，至少有趙天儀、羅智成、趙衛民等三人，兩趙一羅卻有著完全相異的走向，羅智成喜歡與古哲人在思想上交換江河花草的消息；趙天儀則取材生活，不以哲學入詩；趙衛民介乎二者之間，在神話與史事裡為人性定音。

焦　桐（一九五六——）

台灣雅輩

我們是快樂雅輩
出身尊榮的家世門第，
不會有困頓的未來，
也無所謂過去的緬懷；
我們勤奮、卓越，是社會的中堅，
為事業忙碌，
為名譽策畫更美麗的藍圖。

每天穿戴著微笑出門——
蘇格蘭襯衫搭配愛爾蘭西裝，
義大利領帶支撐優雅的高姿態，Oh

Yeah，法蘭西名牌手提箱
提著這時代最流行的地位與財富——
咖啡屋總是飄來香香甜甜的情調和滿足，
冷氣房裡冷眼看滾燙的時局；
東區downtown小套房租了一個情婦，
她歡喜委託行的格調，偏愛
馬丁尼和鮮花稀釋過的那種幸福，
今夜我們共赴一場巴黎香水的晚宴，
親愛的：你也嘗嘗成功的滋味，嗯，
中午吃西餐、台菜還是日本料理？
Waiter：開一瓶年分比我們更老的白蘭地！

我們是快樂雅輩，居住
名流別墅，冷氣房裡冷眼看滾燙的時局，
陽光草坪揮桿玩高爾夫；
熨貼的心情和微笑的肌膚，
總保持布爾喬亞輕柔的魅力，

我們精緻、多禮如社會的來賓，
時代的貴族。

鑑評

焦桐，本名葉振富，高雄市人，一九五六年八月二十五日生，文化大學戲劇系畢業，藝術研究所碩士，曾任《商工日報》副刊編輯、《文訊月刊》編輯、《中國時報》「人間」副刊副主任，以〈懷孕的阿順仔嫂〉長詩獲時報文學獎。著有詩集《蕨草》、《咆哮都市》、《失眠曲》、《完全壯陽食譜》、《青春標本》等。

一九八〇年三月開始創作新詩，他說：

「對於創作，我的信念一向是歌讚；對於生命，則賦予正面的肯定。」

「面對山水，我彷彿見到生命深刻的啟示；又彷彿聽聞某種神祕而親切的召喚，童年般召喚。」（見《蕨草》後記）。

焦桐與瘂弦，先後來自戲劇系，因此對於人物的刻畫，內心戲的描摹，均有獨到之處。李瑞騰在序《蕨草》之文中也提到焦桐在戲劇張力的掌握，他說：「〈懷孕的阿順仔嫂〉，以一次礦災受難者的妻子為敘述者，縱橫開闔，很能給出巨大的悲哀，這樣的詩，其中難免有些虛擬情節，但焦桐處理得相當逼近真實，而且掌握了戲劇效果。……其他如寫演布袋戲者、寫妓女、寫亡友、寫陳達，皆能幾筆勾勒出人物輪廓，心理因素也顧及，其中當然也帶有感傷的意味，而主要的是一個人道主義者所懷抱的悲憫與同情之心態。」這樣的發展，到了第三冊詩集《失眠曲》中，余光中也盛讚他寫雛妓的詩篇最是出色，言之有物，「不但敘事生動，意象鮮明，結構緊湊，而且筆法精簡，語言硬朗，節奏伸縮自如，收步既快又穩。」（見《失眠曲》序第十七頁）。

刻寫人物，成為焦桐擅長之作。悲劇情節，容易掌握，喜劇諷刺，亦能拿捏，〈台灣雅輩〉就是都市文明所成就的人物，焦桐亦戲亦謔，極為成功，「飽霜孤竹聲偏切，帶火焦桐韻不悲」（劉禹錫．答楊敬之時亦謫居），焦桐適合這樣的路線。

游　喚（一九五六——）

刀

——贈阿爾泰

自阿爾泰手中鑄成的這一把
不用來割與切，只用來象徵
山，可以遺忘
草原是刀的故鄉

如果有臍帶，刀要切下去
如果有馬的消息，刀要飛
如果有海的呼吸，刀要藏起
水手用刀奮鬥
詩人用刀寫詩

誰，用刀流浪
自大清山下移植的這把符號
供奉在色彩的王國裡
用天空的白，養它
用草原的青，染它
用黃砂的硬，磨它
用大地的皮膚，擦它

不忍出鞘
只因象徵是那麼地長

鑑評

游喚，本名游志誠，原籍福建省漳州南靖縣，一九五六年生於南投鹿谷，政大中文系畢業，高雄師院中文研究所碩士，東吳大學中國文學博士。曾任教於大仁藥專、靜宜、成功等大學，現任教於彰化師大國文系。大學時期，曾參與創辦政大長廊詩社，後來又為《陽光小集》同仁、《創世紀》詩刊編委，現在是《台灣詩學季刊》同仁。得過《中外文學》現代詩獎，時報文學獎。著有詩集《游喚詩稿甲集》、《慢跑——游喚詩稿乙集》等。

悠游於古典文學與現代文學之間，游喚的學術著作包括《周易之文學觀》、《文選學新探》，往往能將碩士、博士班所研習之學問，妥切運用於文學批評。游喚又能突破一般中文系學者畏怯外文的缺憾，勇猛吸收新知，成為中西文學素養豐厚的學者，因此，主持彰化師大「現代詩研究中心」工作，並為《台灣詩學季刊》評論高手。

〈刀〉這首詩主旨明顯，刀本來是用來切割的，此刀卻蘊有象徵意義，象徵著和平、信守與忍耐。然而，刀內在的本質，內在的野性呼喚，卻也不時在其中東衝西突，因此，山或可遺忘，草原卻是刀永遠的故鄉。第三段的四個排比句，最能表現刀所代表的生命本質，粗野的狂飆性格：以黃砂的硬，磨刀；以大地的皮膚，擦刀；何等豪爽！第二段，「刀切臍帶」是指期盼獨立自主，毫無牽繫；刀與馬同飛，是刀的本性流露；刀在海上呼吸，則無用武之地，無奔馳之樂了！水手刀用來指揮方向，詩人用刀也只用來批判，誰會佩刀流浪呢？是不是只有遠離大清山的阿爾泰才佩刀流浪？佩刀流浪卻不忍出鞘，這首詩思考著族群之間文化適應的問題。

歐團圓（一九五六——）

你在西門町奔跑

你在西門町奔跑
亡命的
頂著台北夏日的大雷雨
擁擠的人群在天空嘩笑
一些寂寞的女人在電影看板上
怔忡注視著你
卻彷彿流了太多的淚

擁擠的人群，無可
無可救藥，酷嗜暴力的人群
談著吃爆米花一樣的戀愛

你在西門町奔跑，構想一篇影評
「暴力加性氾濫
以及政治……」
暴力無疑是一種肢體語言
是人類最原始的溝通方式
戰爭的原型象徵……
我喜歡
終場那露天的
華麗的舞蹈，祭典式的
那時遠方的雲層緊貼海面
我的心泥濘一片

說說四十歲
和平將變成另一種空氣汙染
我們將到另一個星球販賣鴿糞
販賣爆米花一樣的愛情
而蒼老的你還在西門町奔跑

彷彿夾雜著全人類的大災害和大暴行……
彷彿夾雜著整個天空的碎片
台北夏日的大雷雨
這亡命的
還在喃喃詛咒

鑑評

歐團圓，台灣澎湖人，一九五六年八月五日生，長年生活在海環四周，多風多沙的澎湖島上，高中畢業後才來台灣本島，就讀高雄師範學院國文系，曾與楊子澗等人創立「風燈詩社」，擔任《風燈詩刊》主編，以古典抒情為詩刊主要風格。著有詩集《我和她的一天》等。

澎湖，一個特殊的海島，自有其特殊的風土人情，從澎湖來的歐團圓在踏上繁華的高雄港之後，不能不對自己的故鄉有一番悲憫的省思，因此，歐團圓的作品中有五分之一是屬於懷舊思鄉，要將澎湖島塑在讀者心中的企圖。都市，對一個來自隔絕的漁村的青年人，當然會懷抱著絕大的好奇，因而，歐團圓的都市詩數量亦多，冷漠的都會男女之情使得他的詩充滿揶揄之意，如一九八〇年的兒童節，「他們用兒童演出暴動、人質、政變和屠殺，而我，我是成人世界裡一名過氣的政客，在街頭遭遇伏擊……」這是〈暴力童話〉；又如宵夜的景況：「我們的床漂浮起來了／我們的鞋都去流浪了／我們的書掙扎著溺斃了／我們的電風扇還在水裡打著水車／而我們在床上吃著沙拉／在這方舟上，除了做愛／我們一無所有了／啊！夜雨／世界的終點在我們的床頭！」這是〈我和她的一天〉最後的「宵夜」部分，雨與水象徵著情慾，床的盡頭就是世界的終點，都市男女除了「食」（吃著沙拉）就是「色」（做愛），再無情義可言！

〈你在西門町奔跑〉的場景也設定在都市無可如何的街景裡。張漢良在導讀歐團圓〈蹺課〉一詩時，說此詩以學生逃課一日的經驗，影射一生的經驗，是「以暗喻的空間置換結構，投射到換喻的時間連續結構」（見《現代詩導讀》第三冊最後一首）。〈你在西門町奔跑〉也「示現」著四十歲的景況：「你還在西門町奔跑」。「西門町」到底隱喻著什麼？擁擠的人群，寂寞的女人，電影（暴力加性氾濫以及政治）一樣的人生，全人類的大災害和大暴行，時間過去了好久，西門町的你還在奔跑。離開西門町的我們又如何？還是以「和平」汙染空氣，販賣鴿（和平）之糞，販賣爆米花一樣的愛情（隨爆隨吃）。對於都市，歐團圓一貫是揶揄的、嘲弄的。

莫那能（一九五六——）

落葉

我的心就像一片落葉
在春天還沒來到之前就已經
腐敗了

是的，朋友
彩虹已從山谷出走
山谷裡的大合唱
也離開了部落
只剩下落葉般的記憶
那些纏繞著百步蛇般的記憶
在憤怒的血液中飄盪、沉沒

一寸寸地，一寸寸地沉沒
終於把我捲進罪罰的漩渦

族人的榮耀已從遙遠的傳說
出走，傳說中的土地精靈
也已被漢人俘虜
只剩下落葉般的嘆息
那些交織著梔子花影的嘆息
在哀傷的淚水中墜毀、散落
一滴滴的，一滴滴的散落
終於將我化成痛苦的漣漪

我終於在黑暗中看見一條路
一條原住民的命運之路
路上布滿落葉般的足印
一印印蠻橫深踩的異族足印
沿著不可知的未來和方向

發出惴惴不安的輕響

唉！朋友
我的心就像一片落葉
在春天還沒來到之前就已經
腐敗了

鑑評

莫那能，台灣排灣族詩人，一九五六年生，自幼眼睛弱視而致失明，一九八七年曾應邀赴美訪問、治病，參加芝加哥大學舉行的「台灣問題國際研討會」。目前在台北市以按摩為業。其詩作語言活潑，樸實可親，可以看出在惡劣的環境下仍然熱愛生活、關懷族群前途、擔心台灣文化。一九八九年曾獲「關懷台灣基金會」文化獎。著有詩集《美麗的稻穗》等。

莫那能與瓦歷斯・尤幹，是台灣原住民族群中重要的兩位現代詩人，風格不盡相同，但，積極投入改造原住民命運的活動中，卻都不遺餘力。莫那能受限於眼力不足，無法主動出擊，詩的風格趨向於悲嘆命運之不可知，對於原該剽悍於山林的族人卻流落在霓虹燈下，有頗多的無奈感。瓦歷斯・尤幹則創辦《獵人文化》月刊，搜集祖先神話、傳說，與族人共同奮鬥，失風與其族風類近，勇武、硬朗，自信、仁厚。

原住民文化需要更多的關懷，不同的族群文化需要更多的尊重。台灣已經十分富庶了，「生命」的存活不再是生活裡的困境，「生命」的尊重卻是島上所有人民需要時時學習的課題。

〈落葉〉這首詩結構十分完整，首尾兩段以「類疊」兼「呼告」出現，哀之又哀的複沓效果自然呈現出來了。二、三兩段採用「對偶」的方式進行，落葉般的記憶與落葉般的嘆息，罪罰的漩渦與痛苦的漣漪，都能緊扣「落葉」的意象寫下憤怒裡的哀傷，第四段總結二、三兩段的落葉意象，以「惴惴不安的輕響」表達憂慮。一個視力不佳的詩人，會善用聽覺意象：「那些交織著梔子花影的嘆息」，「發出惴惴不安的輕響」，極為成功。雖然此詩說心像落葉，已經腐敗了，不過，他說是「在春天還沒來到之前」，如果原住民真有春天，這些「落葉」都會為滋養新的芽葉而萌爆！

夏宇（一九五六——）

甜蜜的復仇

把你的影子加點鹽
醃起來
風乾

老的時候
下酒

腹語術

我走錯房間
錯過了自己的婚禮。
在牆壁唯一的隙縫中，我看見
一切行進之完好。　他穿白色的外衣
她捧著花，儀式、
許諾、親吻
背著它：命運，我苦苦練就的腹語術
（舌頭那匹溫暖的水獸　馴養地
在小小的水族箱中　蠕動）
那獸說：是的，我願意。

莫札特降E大調

我轉過身。
感覺禮拜一新刮好的臉頰輕輕
擦過左邊的肩膀

最最親愛的局部
最最重要的現在

乃悟到達之神祕性

推窗望見深夜的小城
只有雨讓城市傾斜
只有風是橢圓的城樓

只有我
在身體的第6次方
我穿牆而過

鑑　評

夏宇，一九五六年出生於台北，國立藝專影劇系畢業，曾獲《創世紀》詩雜誌三十周年詩創作獎，中國時報文學獎散文優等獎。著有詩集《備忘錄》、《腹語術》、《摩擦．無以名狀》、《粉紅色噪音》、《這隻斑馬》、《那隻斑馬》、《詩六十首》、《88首自選》、《第一人稱》等。舞台劇《國王的新衣》、《三個乖張女人所撰寫的詞不達意的女性論文》。

夏宇崛起於七〇年代中期，被目為八〇年代台灣現代詩壇最受矚目的女詩人之一。一九八一年爾雅版《剪成碧玉葉層層》（現代女詩人選集），率先以最多篇幅介紹她的〈跟你的Texwood一樣藍的天〉等八首詩作，筆者對她的詩曾有如下的小評：「她的詩極富說服力，往往從平淡單純的意念中，令人有捕捉不到的驚奇，夏宇的世界既不廣闊，也不深邃，表面上也許是在向你訴說詮釋，及至你恍然大悟，她的某些隱祕的意象，實在是很駭人的」。三年後，也就是一九八四年，她獲得《創世紀》三十周年詩獎，其得獎的評語是：「以冷靜自嘲的語調反抒情式地抒情。語言頗見鍛鍊之功，語法與邏輯切斷等技巧運用成功，意象準確，且富暗示性。作者潛力深厚，實為一傑出的現代詩人」（洛夫執筆）。尤其自一九八四年四月其處女詩集《備忘錄》

自印出版後，使她的聲譽更隆。蕭蕭說：「她是一位勇敢的詩人，忠於自己的表達方式和思考模式……」，萬胥亭說她「有點像杜步菲所提倡的『壞畫』，詩人似乎也在提倡一種『壞詩』，所謂的『壞』並不是真壞，而是帶有辯證意味的大智若愚，大巧若拙的『壞』。」林燿德更以「積木頑童」稱譽她，即是「一個頑童，在自己的房間裡沾沾自喜地堆疊著書寫符號的積木，組合一座宮殿，推倒它，組合一座城市，推倒它，昨天、今天、明天，錯亂地倒置壘壘，這就是夏宇的世界」。簡政珍則剖析夏宇的語言「充滿機智的火花」，文字「享有開闊的遊戲空間」。誠然夏宇與當代前期的林泠、敻虹、朵思……等人在創作風貌上可說南轅北轍，不論素材、語言、形式、結構等等，均不相同，她徹底反叛了女性詩人所特具的婉約風格的傳統。鍾玲更指出「夏宇早在一九七六年就開始寫所謂「後現代主義」風格的詩作，她確是走在時代的前頭，以冷凝嘲弄的語調，對自己及客觀世界都保持一定距離，選擇瑣碎、偏離的素材，著意經營不同以往的文字秩序，捕捉工商都市文明的人際關係及女性心態，於是創造了一種新的聲音」。

一九九五年四、五月號《聯合文學》月刊，曾以罕見的巨大篇幅，刊出夏宇新作四十五首，卷前有作者自述〈逆毛撫摸〉，詳述個人的創作策略，卷末有羅智成的評論〈詩的邊界〉，對她的詩有極深刻敏銳的觀察與期待。茲引借如下：

夏宇在摸索。
她想試著擺脫傳統語法，改用自己的規則來連結詩的元素。
為了要開發一種意義飽滿又不洩露訊息的純粹詩。
為了讓每個字眼都像馬賽克般清楚存在。

夏宇的幽浮文法可以使文字反射斑斕的字義，但還不足以透露文字後頭、後頭的東西。藉由她的實驗，我們經歷到詩創作一次夠大夠遠的可能冒險。夠高，夠遠，所以我們可以回航了！

現在回過頭來閱讀，她被選入本書的四首詩，藉由羅智成的詮釋觀點，讀者或可獲得某種程度上的認知。譬如〈甜蜜的復仇〉所展現的詩的瞬間經驗與立即的狂喜；〈腹語術〉所鋪陳的錯置的情節；〈莫札特降E大調〉所洩示文字以外存在突兀的感覺；以及〈乃悟到達之神祕性〉，某些似曾相識情境之相互激盪、重疊與再現。

信然，如果讀者（也包括詩人）完全不習慣於夏宇的創作觀，譬如她役使文字的新手法，借助拼貼的意象，創造單純的樂趣與嘲弄等等，那麼何妨試著去讀、去冥想、去探索，當你對她的詩歷經多次透視之後，說不定會有意想不到的驚人發現。

夏宇看視事物的感覺是「逆毛撫摸」，那麼這一想法是否也在暗示讀者，它也許正是開啟作者未知世界的一把鑰匙。

林彧（一九五七——）

名片

他們有些已經鼾聲雷動
有些仍在酒肆，有些
在黯澹街燈下踢著空罐頭

這些人那些人，在這裡
在那裡，這些人，或許
在一道陡斜的窄梯上努力攀爬

一個歡宴後的雨夜，我
整理著各式各樣的名片
並且輕輕念出那短詩般的名字

突然，我忘了他們的
臉孔、聲音、衣著以及
交出、取回名片的理由

他們知道我是誰嗎
在這裡，在那裡，我聽到
無數個我被撕裂的聲音

單身日記

01:30. 夢見一條戰艦載著星星在霧中航行；
03:30. 有個朋友在地球的另一端踏雪寄信；
05:30. 錯接的電話打進，他忘了說抱歉；
07:30. 牛奶杯口噙著淚水，麵包有點霉味；
09:30. 車禍在公司的樓下靜靜的發生；

11:30. 鉛筆和拍簿都遺留在死寂的會議室；
13:30. 飛機掠過，波斯貓在花園打盹；
15:30. 銀行的出納小姐又換了髮型；
17:30. 晚報上沒有股票下跌的消息吧；
19:20. 到哪裡去？霓虹燈交映之後是醫院；
21:30. 電視機痴呆的瞳孔，
　衣櫥袒開雜猥的胸膛，
　啤酒罐頭不能滿足的嘴巴，
　黑色話筒等待聲音的耳朵；
23:30. 望遠鏡，對樓的窗口逐一暗下；
00:00. 翻轉一次，壓到傷口，傷口喊痛；
00:29. 翻轉一次，壓到傷口，嘴巴，喊痛；
00:59. 翻轉一次，壓到傷口，心頭喊，痛；
01:30. 夢見一條木船在空洞的天上，
　無聲地滑過……。

鑑評

林彧，本名林鈺錫，南投鹿谷人，一九五七年元旦生，世界新聞專科學校編採科畢業，曾任中國時報文化組副主任、《時報周刊》副總編輯。曾獲時報文學獎、新詩推薦獎、《創世紀》創刊三十周年詩創作獎。著有詩集《夢要去旅行》、《單身日記》、《鹿之谷》、《戀愛遊戲規則》；散文小品《愛草》、《快筆速寫》等。

林彧一開始創作，即從切入現實著手，觀察周遭的生活空間，以寫實觀點，連連以新穎的形象向詩壇出擊。他的處女詩集《夢要去遊行》，余光中在序中直指他是：「受薪階級青年知識分子的代言人。」林彧在都市詩的探索方面顯現不凡的業績，是他的第二本詩集《單身日記》，本書對都市白領階級人士生存情境的探索與剖析，至為廣泛而深入。林燿德更斷言：他是「繼台灣『都市詩』濫觴羅門之後，少數以都市精神（而非僅以都市題材）入詩，並且獲得成就與肯定的都市詩人」。作者在都市詩的領域裡，縱橫跳躍，小至〈迴紋針〉，〈名片〉，〈釘書機〉等日常用品都不輕易放過。而對人的觀察，更是入木三分，如〈上司〉、〈D先生〉、〈某上班男子〉、〈單身日記〉……等。他在表現形式上的多元性、語言的深具穿越性，以及對準人的精神層面的描摹與透視，或如簡政珍所界定：「處理現實題材是他詩作最好的成績」。他的〈涼風四起〉，更是擴大個人的襟懷，投注對當前生活環境品質的悲嘆與反諷；以後的《鹿之谷》，作者悄然走出紅塵而放情於故鄉山林；《戀愛遊戲規則》，則是體味都市青年男女面對感情事件的詭異，提出個人的妙招。……近年來林彧詩作銳減，或許是他在作更深沉的思考，且看他下一回投給詩壇的重磅炸彈吧。

〈名片〉、〈單身日記〉係林彧的代表作。前者是先物後人、後者是先人後物，透過作者脈絡分明的敘述，情景交錯的轉換，充分體悟作為一個現代人的疏離與失落感。兩詩在形式上各有所圖，尤其是後者，他可能是繼錦連的〈轢死〉之後另創新意的典範。

台灣現代詩壇有羅門、蓉子，商禽、羅英兩對夫妻檔；陳千武、陳明台父子檔；復有向陽、林彧兄弟檔；或許這也可以形成另一種系譜的研究。

初安民（一九五七——）

台北，如果落雪

如果，台北落雪
我會到撫順街走走
揣想寒冷的華北地方
今天是不是也會像這裡
落著這樣無邊無際的皚皚
白雪
紛飛的白雪中，曾經
腥紅的太陽旗下
排列整齊隊伍的關東軍
有秩序底踏出
殺殺的步伐，邁向

華北，一片白茫茫的雪地裡
烙印著錯綜的大小
凌亂底腳印
彷若動盪底華北時局

台北，如果落雪
我將脫光衣服赤裸自己
然後走遍台北每一個角落
來驗測雪中自己赤裸底身軀
還能不能負荷
最純白底冷
冷，為什麼
總是要用厚重底衣服去抵抗
為什麼雪總是
誘引一波波鄉愁
為什麼冷之後
雪之後

總是掩埋無盡無止底故事

如果台北，落雪
似乎才能取出埋入
箱底多年底皮襖，註定
業已斑白多年，也已揉皺
如同額頭的紋路
如同額頭的髮絲
如同漸漸遺忘遠去的記憶
所有的世界都將斑白
所有銜恨噙淚底故事都將斑白
獨獨當年離家時伊底眼神
永遠清晰
落雪底碼頭上
伊揮著皸裂底手喊著
等你回來
等你回來

等你回來
等
你
回
來
只有一波波不結冰的浪潮
像我的被拉長又拉長了的手
撫摸著漸漸漸漸遠去的海岸線

鑑評

初安民，山東牟平人，一九五七年生於南韓，成功大學中文系畢業，曾任《聯合文學》月刊總編輯，現任印刻出版總編輯。著有詩集《愁心先醉》、《和伊》、《佇立到黃昏》、《往南方的路》等。

《愁心先醉》初版於一九八五年三月，八個月後印行第四版，那一年，初安民二十八歲，「未曾目睹國破家亡的動亂／卻有家國底疼痛／未曾經歷顛沛流離的日子／卻有漂泊底歲月／未曾走過錦繡壯闊的江山／卻有鄉愁底身世／固定不移地籍貫裡／到處登記著流浪的住址」（〈霜深楚水寒〉）。這是他二十八歲所寫的詩。正如王璇所言：「他是那麼年輕，可是他卻背負了他同年紀青年所不必負擔的歷史鄉愁和異國孤獨，對他來說，二十多年的生命卻染著父子兩代的漂泊與流浪。」一九四九年初安民的父親自大陸逃難到南韓，繼續從南韓又到南韓之南；初安民二十歲那年，就在美國與台灣斷交的時候，來到台灣就學。這樣不斷的南遷紀錄，自然背負了歷史的鄉愁，異國他鄉的孤獨。——了解初安民的詩內容，必須先了解他父親和他南移的歷史。

路寒袖以〈鄉愁之外〉為題，評初安民詩集時，指出：「初安民提筆寫詩之時，已是『新詩論戰』、『鄉土文學論戰』後的事了，那時整個詩壇老老少少，正處於靜思反省之中，晦澀夢囈的劣詩漸漸的消聲匿跡，講求明朗注重內容的作品受到肯認，由於這種創作環境的陶冶，使初安民比同齡的大部分詩人，少掉一層『魔障』。」——了解初安民的詩語言，必須先了解他寫詩時的詩壇背景。

〈台北，如果落雪〉是一首令人感動的詩！初安民在韓國生活二十年才來台灣，「雪」，對他而言，是鄉愁的一部分，如果台北落雪，他要到撫順街去，撫順，東北地名，讓他想起關東軍的殺伐之氣；如果台北落雪，他甚至於要以赤裸之身去記憶過去的種種，那是多深多厚的鄉思啊！如果台北落雪，他要拿出斑白的皮襖，只是，所有的歷史都已斑白，只有她的眼神卻永遠清晰。三段情節，由遠事而近物，迴腸蕩氣，令人動容。

楊　平（一九五七——）

再生

——給那些死而不死的人子

現在，他們是風
吹拂我
是雨，是我體內流動的歌
「死亡」使他們活得更寬闊，更真實！
——生活中的每一件事
大氣中的每一位微塵都是菩提，都是見證！
生命啊每每透過屍解抵達另一種境界
如同花葉回到大地，浪子返回故鄉
或遲或早，或以各自的方式
（總有一日；）

我們都將在神聖的花園中心會面
和天使散步，觀賞白鴿之舞
以指、以耳、以輻射狀的觸及
感受：寧靜中的優雅
——久別的老友都圍了過來
星辰在我們腳下，時間在我們掌心
巨大的水瓶座高高升起——
歡喜讚嘆、歡喜讚嘆
一切奧祕都在微笑中澄明自解
歡喜讚嘆、歡喜讚嘆
我們浴在光中而又無不如意……

直到紅塵的彼端再度發出傳呼——
這次，也許是你，也許是
另一顆宇宙靈魂
瀟灑的揮揮手
金星在上

人間又誕生了一名嬰兒

鑑評

楊平，本名楊濟平，河南新鄉人，一九五七年生於台北市，淡江大學中文系畢業，曾任《新陸》現代詩誌主編，現任「詩之華」出版社發行人，《創世紀》詩社同仁。曾獲第九屆中國時報文學獎新詩獎，《創世紀》創刊四十周年優選作品獎，及大陸多項詩獎。著有詩集《追求者》、《探索者》、《空山靈雨》、《年輕感覺》、《永遠的圖騰》、《雲游四海》、《內在的天空》、《獨行的歌者》、《空山靈雨》、《美麗沒有盡頭：揚平詩選》、《記憶紋身》等；另有散文集《瘋狂浪漫》；編有詩選集《我已歌唱過愛情》、《遠天的星群》（大陸版）等。

自中學時期，楊平便熱愛文藝，並嘗試寫作，二十年來努力不輟，以現代詩為主，散文隨筆次之，迄今已完成長短詩創作達二千首，可謂產量驚人。作者創作範疇大致可概分為早期的山水詩，近期的現代寓意詩。前者他「擅於摹景，精於抒情，而景中有情，情觸而景生，他深深懂得中國詩情景交融的三昧。」（瘂弦語）。如果作者能使自己的詩作精神縱深加大，調整時空的錯綜密接，自會增加現代感的高度。他的《空山靈雨》為其早期的代表作，沈奇指出：本書品質的成功在「靈雨」，即對現代漢詩藝術的異質追尋；其不足在「空山」，即現實生命意識的缺失或淡化。近期的現代寓意詩，如一九九五年結集的《永遠的圖騰》，作者已告別青春期的夢幻浪漫，而直接切入無垠的現實人生，詩人由抒小我的私情而放眼天下，不祇是含笑品茗，坐看雲起，而是更冷澈地追蹤現代意識，觀照紅塵。他的一系列組詩，如〈群相寫真〉、〈電話檔案〉、〈眾生物語〉、〈挺進之歌〉，這些作品確然顯露危機時代覺悟的語碼，「展示了詩人主體意識的漸趨沉著和深刻」（沈奇語）。詩人將永遠是一個突圍者，時時刻刻為追尋下一次尚未出現的奇詭的風景而挺進。也正如作者自述：「堅持，意味著一切。」

〈再生〉，是一首深刻觀照詮釋生命輪迴的佳作。全詩以抒情的基調出發，喃喃揭開「死亡」的主題，寓有綿延不息的生之奧祕，語言雅緻，意象明澈，重疊有序，節奏輕悠，使人讀後興起一種開闊與禪思的喜悅。

劉克襄（一九五七——）

小熊皮諾查的中央山脈

在夜裡，火光使皺紋更深了
眼眶也陷進去，隱藏著
比悲憫還厚的眸光
你剩爐架上烘烤的玉蜀黍
那是今晚以及一生的糧食

明晨要像隻水鹿穿過針葉林
聽聽松蘿懸垂的肅穆聲音
中年白髮的鹿野忠雄就是這樣旅行的
從小把靈魂寄託給台灣
一個人背著三十年代，七訪雪山

你也要朝一座沒有回路的山脊出發
不留後代，只孤立起矮胖的身影
讓頭骨蓋滾下碎石坡

那是樟樹、檜木、鐵杉逐一消失的地
四百年的不安
僅存一片寒原的寧靜
眼淚從鼻緣撲簌滑落
滴進火焰熊熊的夢中
一個自然學家的一生
孤獨啊孤獨

鑑評

劉克襄，筆名劉資愧、李鹽冰，台灣台中人，一九五七年生。文化大學新聞系畢業。曾是《陽光小集》同仁，《中國時報》人間副刊編輯，現為專業作家，旅行寫作。著有詩集五冊：《河下游》、《松鼠班比曹》、《漂鳥的故鄉》、《在測天島》、《小鼯鼠的看法》、《最美麗的時候》、《巡山》、《革命青年：解嚴前的野狼之旅》等。

一九八〇年，劉克襄獲時報文學獎敘事詩獎，一九八四年獲時報文學獎新詩推薦獎，此年又獲《中外文學》詩歌獎、《笠》詩獎、《台灣詩》詩歌獎，得獎之多，有「劉克襄旋風」之說。劉克襄的詩以生態關懷，社會批判之作為多，寫實主義為其主幹，視野開闊，寄意深遠，心胸與眼光均有高遠、獨到之處，見人之所未見，所以能言人之所未言，不過，劉克襄的文字風格十分淺白，就像新聞報導那樣平鋪直敘，絕不拐個小彎，簡政珍說「語言的缺乏緊張稠密」是他前兩本詩集的特色，《在測天島》之後，方漸漸顯現劉克襄「詩的緊張感和戲劇性」。（見《台灣新世代詩人大系》〈劉克襄論〉）。

劉克襄不重佳言佳句，重視的是整首詩的結構完整，及「極短篇」式的情節安排與高潮設計，引一首〈遺腹子〉可以看出他的語言模式、事件類型、關懷對象及情節設計：

一八九〇年，……

一九一五年，遺腹子陳念中
喜歡講中文，戰死於噍吧年
一九五一年，遺腹子陳立台
喜歡講閩南語，自戕於一個小島

一九八〇年，遺腹子陳合一
喜歡講英文，病歿於異地
二〇一〇年，遺腹子……

這是他的政治關懷。至於生態關懷的詩篇如〈小熊皮諾查的中央山脈〉，寫孤獨的自然學家在中央山脈間冒著生命的危困挺進，只為了解更多的台灣生長之原始力量，這樣的旅行者可能是他崇敬的對象，也可能是劉克襄自己的寫照。

張國治（一九五七——）

一顆米如是說

一

我是一顆種子
在覆蓋著苦難的土地
犁鏟下翻過身子，使勁爆開
從上古穿過漫長五千年
從黑暗中還原成
最淳香最堅實的容顏

我是一株水稻
從萌芽到成熟

歷經風霜雨露及鹹鹹汗水
始終與勞動、疼惜鄉土的人們融為一體
我有我的性格
鮮明的綠、燦爛的黃
折腰只為了謙卑
枯萎只為蘊含新機

一川稻谷，曼妙多姿
大地就是我舞蹈的舞台
我們靜靜守望田園最後景觀
不改身世

二

我是一粒米
來自於蘊含我的大地
我始終有著
無比的赤誠

潔白晶瑩
始終居住在溫暖的泥土
我用我小小的沉默
洩露這宇宙最微小的天機

我和我的族群
從上古起養育著所有勞動的人
不曾更改
任重道遠的使命
努力
完成最卑微也最莊嚴的命運

請不要輕賤我
世世代代
我將與你們和平共存

三

我是一粒米
請凝視我
質樸的內裡
木訥但充滿無窮希望

我是熱量
是最最原始材料
讓我為你提供最好能源
譜出豐碩的甜美的喜悅
當你饑腸轆轆
請靠近我、熱愛我
我將獻給你飽暖的生命力量
和生長契機
若你想品嘗我的溫度
請儲藏我
我將發酵陳釀我的芬香

若你嫌我醜
請在我白白的淨臉
上妝、配彩
我有無窮的可能
請以巧手開發
我將化身迷人的身段、面貌
我是源遠流長文化代言人
請切記祖先的叮嚀

四

我是一粒米
當你夾取木筷，在飯中翻攪
請讀一讀我的身世
當勞動的農人
以含淚的收割
抵不過股票指數上升
糧價低迷

那緊蹙的眉頭
化為珍貴的淚滴
請珍惜我
當島上殖民文化入侵
西風東漸，雜糧緊隨進口
我們的族群無倉收容
請多悅納我，利用我
那從土地來的，
必將含著最豐盛生命力量
在你體內化為永遠的熱能
而當一盞盞暈黃燈火亮起
在那暖暖燈火下
團團圍聚家的永恆景象
你將深記我
最亮麗的容顏

我是一粒米

請努力愛我
你將感到我
完整的愛

鑑評

張國治，祖籍福建惠安縣，一九五七年生於金門，國立藝專美工科，台灣師範大學美術系畢業，美國密蘇里州芳邦學院藝術研究所藝術碩士，現任國立台灣藝術大學文創處處長。曾與王志堃、陳樹信、徐望雲、紀小樣、劉釋眠……等創辦《新陸》現代詩誌，迭獲師大現代文學獎、全國大專院校文學獎新詩首獎、教育部文藝創作新詩獎、台灣省糧食局推廣米食詩歌比賽優等獎。著有詩集《雪白的夜》、《憂鬱的極限》、《三種男人的情思》（合集）、《帶你回花崗岩島：金門詩鈔．素描集》、《戰爭的顏色》等。詩作曾入選《葡萄園詩選》、《七十八年詩選》、《八十一年詩選》。

側身新詩創作多年的張國治，在如此漫長的歲月，使他自文學、繪畫、建築、雕塑、音樂等等所吸取的各種經驗，以之成詩，儘管作者喜歡抒小我之情，同時也擴及鄉情、物情、山水情與多層次的現代情。面對一首詩，作者懂得利用假借、暗示、象徵、烘托、對比等手法，往往顯得十分鎮定而悠閑，尤其是他的語言，摒棄平鋪直敘，採取迂迴婉轉的側寫，他不直接點出，而讓讀者從他釀製的一些意象的煙霧中，輕輕觸及熱熾而又雋永的深情。

張國治處理鄉情的詩也時有佳構出現，所謂「故園書動經年絕，華髮春催兩鬢生」，所謂「浮雲遊子意，落日故人情」。……古人抒發鄉愁的詩，篇幅頗多也最動人肺腑，今人豈能無動於衷。即使邁入中年的張國治，他也有其最眷戀的鄉關。譬如他寫〈落雨的小鎮〉、〈小站賦別〉……都是感人良深。而〈懷鄉〉一詩，作者更以「咯血的海棠作枕、作床」，然後悄然入夢，且擁抱「一張嚙蝕一口的地圖」，詩中意象的羽翼，何其輕捷翩翩。作者常以下列兩句自許：「新詩為你浩瀚，史書為你掩卷」，這豈不是對自我與歷史的期許，以及對大我生命豁達的期許。

〈一顆米如是說〉，作者以擬人化的敘述口氣，吐露了那顆微小生命的無私的愛，中國以農立國，是米食民族，怎能不珍惜米糧？然而西風強勁，外來文化怎不讓它頓感失去童貞的憂患。所以詩人一再告誡：「我是一顆米，請不要輕賤我，請努力愛我」。濃密的國族之情，猶之暮鼓晨鐘，不絕於耳。

路寒袖（一九五八——）

人生露水

春天對山个身邊行過
透早个第一滴露水
滴落，滴落
滴落無聲个土地
昨暗咱咧烘个火
恬恬[1]踻佇[2]烘爐底
咱含苞个希望
迸破冬天个霜雪
佇樹仔尾咧開花

春天對山个身邊行過

透早个第一滴露水
滴落，滴落
滴落無聲个土地
時間無影卜[3]佗揣[4]
人生露水一去無回
徛佇[5]春天个路尾
洶洶[6]理想挽[7]一枒[8]
插上咱個心肝底

註文：1. 恬恬：靜靜地。
2. 跔佇：蹲在。
3. 卜：要。
4. 佗揣：那裡找。
5. 徛佇：站在。
6. 洶洶：猛然。
7. 挽：摘折。

8. 栘：音「威」，枝栘。

鑑評

路寒袖，本名王志誠，一九五八年生，台中大甲人。台中一中、東吳大學中文系畢業。一九七五年開始寫作現代詩，一九八二年創辦「漢廣詩社」，發行《漢廣詩刊》。曾任出版社編審、傳播公司主編兼企劃、復興商工教師、「台灣文摘」總編輯、《中國時報》人間副刊編輯，現任台中市文化局局長。著有詩集：《早，寒》（一九九一年）、《夢的攝影機》（一九九三年）、《我的父親是火車司機》、《忘了，曾經去流浪》、《何時，愛戀到天涯》、《陪我，走過波麗路》、《走在，台灣的路上》、《看見靈魂的城市》、《那些塵埃落下的地方》等，台語詩集《春天个花蕊》。

《早，寒》這部詩集，收錄路寒袖一九七七年到一九八七年的詩作，「除了展示作者十年經營的部分成績，也讓我們看到一顆詩的心靈，如何從最初浪漫、苦澀的躍動，隨著成長經驗和詩的洗鍊，蛻化為承載著生命思維和人生探索的鮮明軌跡。」林蒼鬱在此詩集的序言中如此評述，並且強調：「真誠寫詩人的可貴和難為，在於經歷長遠深沉的寂寞，猶能拋擲脆弱的生命，以一次又一次的造形來感動自己，並且在無意中安慰他人。」路寒袖就是這樣的一位詩人，《早，寒》詩集中記錄了他對詩的摸索過程，也記錄了他對人生的測探過程，戀愛、當兵、授課，彷彿都在他的詩中成為發亮的星，即使是很遠很冷的一顆星。

王志誠筆名「路寒袖」，詩集名為《早，寒》，寒、涼、冷，在他的作品中成為重要的意象，那是因為他時時渴望光、時時給出熱，也因此造就他早寒後的春天。

《春天个花蕊》是一部台語歌詩集，在眾多以台語寫詩的詩人群當中，向陽與路寒袖是最擅長掌握台灣傳統歌謠韻味，正確使用廣大人民可以朗讀的書寫文字的兩位傑出創作者。在《早，寒》詩集中有一輯「台灣民謠詩作」，藉「日日春」、「五更鼓」等古早民謠鋪排情意，已啟路寒袖戮力創作「台語詩」之端倪；對於「現代詩」，路寒袖曾以〈死亡部落〉（《早，寒》第七十五頁）為題寫詩反省，為現代詩缺乏當代生命活力而哀痛，因此，當他寫作台語歌詩時，他已逐步走向人群。

〈人生露水〉一詩，說人生一如露水，有去無回，但春天來到時，去冬我們爐底的火會衝破欺壓的霜雪，在樹上開花。美好的譬喻，為台語歌詩注入更多的文人氣息，路寒袖的路越走越寬廣，台語詩的路也越走越寬廣。

侯吉諒（一九五八——）

如畫

起風的時候，窗外
陽台上蘭竹狹扁的長葉如削如切，
將時間削成季節，把空間
盤古開天般一斧一斧地切成了
山水。招展起伏，如從容的筆意，
輕輕在墨色淋漓的宣紙上拂過。

我極目遠眺，眼光
深深埋入水分飽滿的松林，
一條蜿蜒小徑，若有若無，
在重墨與輕染之間，向晚時分，

走入深瓦濃牆的林屋，
屋內，無人，四壁如風，
風中有一股墨香在牆上游移，
那牆上斑爛的光線的陰影說：
「主人不在
雲深不知處的地方，
水邊，那株桃花正開著呢。」
但桃花在那裡呢？

窗外，水源快速道路才通車不久，
來往依稀，遠遠聽起來，真的像風，
再過去，就是河濱公園，
我每天慢跑的地方，
從未見過
有花盛開如精美的詩句，
只有遠山，在濃稠的車聲市霧裡，
在大廈與高樓的中間。

我緩步前行，
走過那株他年前才剛種下的扁柏，
枝葉早已茂密的櫻花、幾棵黑松和
樹下層層堆疊的墨韻，
就在墨韻深處
山勢陡然如壁，出其不意的，向天
猛然插去。不慌，不忙
一抹微雲飄下凌厲的山勢，輕輕一推，
以太極拳的抱球推手，左抱球右轉身
雙手緩緩往外畫弧，向前
慢，慢，推出……，只見
天地順勢迴步俯身，繞過
季節的更替，
那株桃花，果然，在春天的黃昏，
在雲天交會、山水不分之處，
盛美如詩。

至於窗外何時風止，竟是，
無意間的事了。從我八樓的窗口望出去，
月正中天，新店溪的溪水幽然有光，
像那股揮之不去的墨香，
至於蘭竹，那枝毛筆，
早已洗好吸乾，擱在紙鎮上，
在深夜的燈下，
在一個桃花盛開的夢裡。

鑑評

侯吉諒，台灣嘉義人，一九五八年四月二十五日生，國立中興大學食品科學系畢業，曾任《時報周刊》編輯、海風出版社總編輯、《創世紀》詩刊主編、聯合報副刊編輯，現從事書法教學，曾獲中國時報敘事詩優等獎、新詩甄選獎，國軍新文藝長詩銀像獎。著有詩集《城市心情》、《星戰紀念》、《難免寂寞》、《詩生活》、《如畫》、《交響詩》等；散文集《江湖滿地》、《海拔以上的情感》、《不是蓋的》等；另編有《情詩》、《名詩手稿》、《最愛》等多種。

作者崛起於八〇年代之初，一開始即切入都市生活，被譽為第三代的「城市詩人」。他在《城市心情》的自序中即坦然表明：「詩不再是一種單純的感覺，當電腦與雷射已經改變我們的生活方式，一個生活在現代社會的詩人，怎能依舊放逐自己，在那些風花雪月、虛無吶喊的象牙塔裡，自嘆自憐，所以我調整寫作的焦點，對準現代真實的生活，諸如食衣住行的謀生，人際關係的微妙，城市台北的繁華，現實的寂寞……並且，更重要的，是嘗試加入更多的理性思考。」然而當我們細讀作者那些抒寫城市的詩篇，雖然他也掌握了都市的性格，諸如匆迫與擁擠，喧囂與汙穢，冰冷與繁華……，畢竟詩人也有一顆關懷溫熱的心，在冷靜思考與知性探觸之餘，依然無法掩蓋，他在作品中所放射的那份情的專注。因為詩人置身其中，他必然是一位真誠的感受者，以及情感的投入者，而使他的詩作漸次展現濃郁的城市抒情風格。

侯吉諒詩的素材，頗為廣泛，他也嘗試假借古典創造現代的情趣，諸如詩作〈赤壁車聲〉、〈風雨夜讀東坡〉。而在〈兩岸〉系列中，對故國也有深情的透視。例如〈杭州夜遊〉一詩中，劈頭就是——

古老的中國在我面前行走
以碎花裙和牛仔褲的步伐
在西湖的草地聞名千古的柳樹下
走過，夸父追過的太陽仍在天邊

而本書選入的〈如畫〉，則純是寓詩意於畫境的絕對的抒情。看作者以親切的文字，在實景與畫境之間揮灑，時間與空間輕輕交疊，桃花似錦的盛況一再展現，莫非靖節先生的夢鄉真能出土於今日，……或許是詩人在靜觀一幅水墨，而讓自己的意念暫時隱遁於某一長卷，人「如畫」，風景「如畫」，一切「如畫」又何妨。

零　雨（一九五九──）

昭　關

——坐208公車思及子胥過昭關

左手推窗，一夜冰雪
右手推窗
一夜冰雪，一夜
冰雪。覆蓋昭關

然後我的頭髮一根一根叛變
我的容顏遍佈逃亡的轍跡
後面，追逐的人還在尋覓
嗅犬的聲音漸次逼近
鏡子裡，我已是祖父了

有人呼喚我童年的乳名，企圖
認出我，且
加以嚴峻的刺傷

今夜，我要渡過昭關，行經
最險惡的地形，且擁抱
那最溫暖的陌生
守門的人——冷漠
打量我，彷彿
那雪的溫度就是我內心的溫度

鑑評

零雨，本名王美琴，新北市人，一九五九年生，台灣大學中文系畢業，美國威斯康大學東亞文學碩士，哈佛大學訪問學者。曾任《現代詩》季刊主編，現任教職。一九八三年開始詩創作，著有詩集《城的連作》、《消失在地圖上的名字》、《木冬詠歌集》、《關於故鄉的一些計算》、《我正前往你》、《田園：下午五點四十九分》等。

《城的連作》由現代詩社出版，收入一九八三至八七年間詩作，此集已展示出零雨超越性別、年齡、地域，以追求一種純粹感性經驗之可能。《消失在地圖上的名字》，時報文化公司出版，則收入一九八七至九〇年間之作品，顯示了比過去更為精準的語言、意象及節奏的操控能力，更內斂深沉的情感、微帶魔性的感覺。

零雨曾以〈特技家族〉一詩獲民國八十二年「年度詩獎」，洛夫認為作者拒絕採用女詩人慣用的柔性題材，以致知性高揚；從嶄新的角度切入人生，而使讀者能體悟到另一層面的存在情況；滿篇充斥著戲劇動作與戲劇獨白。瘂弦則說：讀〈特技家族〉如觀瑪莎．格蘭姆的現代舞中某些自囚的主題，或看日本「山海塾」的「舞踏」，充滿了被迫順從的肉體狎膩的氣息。（見《八十二年詩選》十六～二十九頁）。歌詠特技，而能有如此佳作，擠一趟公車也就可能有伍子胥過昭關的類比之情。

子胥過昭關，髮為之白，所以說「一夜冰雪」。守門的人「冷漠」——彷彿「那雪的溫度就是我內心的溫度」，暗示司機與乘客之間的冷漠，這冷漠互為因果，相互警戒，維持相當程度的緊張關係，其實也是都市文明人與人之間的關係。此詩也有戲劇動作——推窗而冰雪覆蓋，頭髮一根一根叛變，嗅犬的聲音逼近；戲劇獨白——那雪的溫度就是我內心的溫度。此詩也似不得已的「自囚」（自囚於公車），也有「被迫順從的肉體狎膩的氣息」（且擁抱那最溫暖的陌生），因此，我們可以反觀零雨詩作的共同特色：在限定的時空中維持重複而冷漠的疏離關係。

孫維民（一九五九——）

一隻麻雀誤入人類的房間

在屋梁的燈罩和灰白的牆壁之間
在灰白的牆壁和窗戶的玻璃之間
在窗戶的玻璃和舞蹈的灰塵之間
在舞蹈的灰塵和禁錮的天空之間
在禁錮的天空和燦亮的壁飾之間
在燦亮的壁飾和碰撞的聲響之間
在碰撞的聲響和甦醒的恐懼之間
在甦醒的恐懼和微笑的相片之間
在微笑的相片和光束的腐味之間
在光束的腐味和記憶的碎片之間
在記憶的碎片和沉寂的電視之間

在沉寂的電視和遙遠的林木之間
在遙遠的林木和枯死的盆栽之間
在枯死的盆栽和黃昏的槍聲之間
在黃昏的槍聲和損壞的玩具之間
在損壞的玩具和攤開的報紙之間
在攤開的報紙和猩紅的領帶之間
在猩紅的領帶和稻草人的臉之間
在稻草人的臉和凶殺和戰爭之間
在凶殺和戰爭和鍍金的獎牌之間
在鍍金的獎牌和藥瓶和酒杯之間
在藥瓶和酒杯和黑色的褻衣之間
在黑色的褻衣和床單的皺褶之間
在床單的皺褶和格列佛遊記之間
在格列佛遊記和孤獨的荒原之間
在孤獨的荒原和深秋的田野之間
在深秋的田野和地毯的毛髮之間

它撲動著顫抖的，絕望的雙翅

鑑評

孫維民，山東煙台人，一九五九年生，輔仁大學英國語文研究所碩士，現任教於靜宜大學。曾獲全國優秀青年詩人獎，中央日報文學獎，第十五屆中國時報文學獎，《藍星》詩刊屈原詩獎，著有《異形》、《麒麟》、《日子》、《地表上》等。

從十五歲讀中學開始，孫維民即從事詩的創作，早期作品多發表在《中外文學》、《創世紀》、《藍星》、《現代詩》等刊物。以後又致力翻譯與評論。綜觀他的詩作，強調語言的精緻，形式的美感，往往在抒情的基調上，不論晨昏推移，季節遞變，花木榮枯，蟲鳥隱現……皆可寄寓感情。孫維民的創作範疇，大體以個人經驗為圓心，半徑逐漸向外擴張，期能超越自我，包容大我。他以內省性的生命體驗，關於思想主題的探索，剖析人生的陰暗面，他經常俯拾身邊的素材，以之入詩，描摹所見所感所觸及的事物的諸相，以求臻至藝術的真摯與真實。作者曾在詩觀中自述：「寫詩如同構築一座語言的高塔，希望自己的建構能抵達某種高度，讓塔尖抵達心的高度」。因而作者一直以此自許，創造自己獨特的抒情世界。

《八十一年詩選》曾選入他的〈鬧鐘〉等二首，向明指出作者的詩「氣質陰柔，筆法細緻，善於處理憂鬱、低調、死亡等主題」。堪稱精確而中肯。茲錄〈聽蟬〉一詩如下：

他抓住一根細細長長的繩索

不停地攀登
向上，不停地

希望看見高處的風景
希望知曉峰頂的祕密
因為苦痛

直到一片鋒利的落葉
冷冷地，將細細長長的繩索
割斷

作者犀利的觀察，對蟬聲的巧妙排比，意象奇詭，令人稱奇。

〈一隻麻雀誤入人類的房間〉，由於作者特別的建構，使全詩呈現一種綿延不斷、參差錯落的秩序感。前廿七句同屬一種句型，以此向後推演，每一句以兩種不同的物象穿插，而不令人感到沉悶累贅。最末一句是全詩的焦距所在，寓示鳥類已無處可以棲身，人類殘酷嗜殺的本性，袒露無遺。

葉　莎（一九五九——）

花　匠

關上門，綠意仍任意流淌
才知道春天如此叛逆
像你，逃離程式與科學
鑽進泥土和水

吊起的盆栽看的更遠
穿過霧，就是你的未來
有人隨手插枝的愛
總是不定期芬芳
又不定時凋謝

你偶爾忘記灌溉
任日子悄悄長成蕨類
在某個角落自在

東莒燈塔

因為我划著雲而來
天空才清澈如海嗎
抱緊你，我們自此合體
你用頭顱碰觸我的雲
我的思想就如舟如槳，如波濤
談談花崗岩的過往
沿著螺旋狀往事不停上升再上升
直到與鏡面的記憶相遇
白天時靜默不語
夜晚時難以克制的白熱自己

二萬九千燭光的光力
折射之後，光程遠達三十一公里
恰巧是鬼域失魂地
而舟子失魂於黑，槳失魂於波濤
波濤失魂於大海，我失魂於你
夜夜閃爍一長兩短的信號
給同樣失魂的水手
分離時，且弓身壓低自己
沿著白色矮牆快速通過
莫讓強風吹散了昨日

鑑評

葉莎，本名劉文媛，一九五九年出生於桃園市龍潭區，瑞士歐洲大學（European University, EU）畢業，瑞士歐洲大學是一所商業大學，創立於一九七三年瑞士日內瓦，校園分布在世界各地。此其間葉莎同時在日商公司上班，擔任要職二十五年，職場退休後游心於攝影、文學、繪畫之間。曾任《野薑花詩刊》採訪組長，現任《乾坤詩刊》責任編輯、「吹鼓吹詩論壇」中短詩版主、「詩寫映像創作班」講師，「詩寫映像創作班」在臉書社團教寫新詩，培養年輕詩人。葉莎活躍於網路，因而能跨越國界限制，多次受邀出席新加坡、汶萊、大陸華文詩會。二〇一六年三月與雪赫、季閒在臉書上創立《新詩報》電子報，每週日發刊，葉莎擔任發行人，雪赫擔任總編輯，季閒為總主筆。葉莎表示：《新詩報》選詩方向偏近親民，遠離晦澀，選擇生活化、用語平易而詩意俱足的作品。白靈認為《新詩報》的構想極具創意性、即時性、快捷性、普傳性，打破平面詩刊局限。

葉莎曾獲桐花文學獎（二〇一三），《台灣詩學》小詩獎（二〇一四），DCC杯全球華語新詩優秀獎（二〇一五）。著有詩集《伐夢》（二〇一三）、《人間》（二〇一五），兩部均屬攝影詩集，另在境外出版《花弄影》（二〇一五，杭州，合輯）、《彼岸花開》（北美地區，中英對照）、《時空留痕》（二〇一六，馬來西亞）等。葉莎《人間》詩集出版後，陳福成寫作《葉莎現代詩研究賞析——解讀靈山一朵花的美感》加以賞析。

「詩於我，是療癒也是出口，它是藥也是路。」這樣的表達透露葉莎的詩來自生活，是為療癒生活而出，具有撫慰讀者心靈的效果，語言清淺是第一要務，題材繫連生活是第二特色。

〈花匠〉一詩寫「綠意任意流淌」，「春天如此叛逆」，正可用來形容葉莎詩創作的隨興揮灑，此詩點出一位逃離程式與科學的現代科學工作人員的醒悟，一頭栽進水與土的園藝花匠的真正生命活力之所在，即使是面對偶爾的疏失，仍然是生命本然的那種自在。〈東莒燈塔〉寫馬祖的旅遊經驗，搭乘飛機到馬祖，所以有「你用頭顱碰觸我的雲」的高度感，這是俯視；四句「失魂」正可用來歌詠所有燈塔的崇高地位，此時詩人正以仰角望著燈塔。葉莎詩作往往活用這種攝影者的視角。

陳克華（一九六一——）

我在生命轉彎的地方

我在十字路口停下來，等你
希望你會跟上來，詢問
我再小聲告訴你
這裡是我生命轉彎的地方

很久了，我僅有的夢境遲緩地
自昏黃的櫥窗裡浮現——
你正飛快地奔跑，我跟在後面
撿拾你一路遺落的珠寶和首飾
把它們一一拋入相互撕扯的浪裡……
而月亮偌大地自海面升起了

一朵雲飽蓄著月光沉降，和平地灑下銀色的雨水
你說：曾經一個小孩在那裡走失了……
是啊！我想：是你嘆息的潮水
掩去了他身後的足跡……

於是我們沉默著互道再見
你彷彿是遙遠的一道霓虹亮麗，在西門
鬧區複雜喧囂的巷弄裡，沉默著
我堅持，只是沉默不告訴你
曾經，我在生命轉彎的地方等你

我撿到一顆頭顱

我撿到一隻手指。肯定的
遠方曾有一次肉體不堪禁錮的脹裂
胸壓陡升至與太陽內部

氫爆相抗衡的程度。我說
一隻手指能在大地畫寫下些什麼？
我遂吸吮他，感覺那
存在脣與指間恆久的快意。

之後我撿到一只乳房。
失去彈性的圓椎
是一具小小型的金字塔，那樣寂寞地矗立
在每一個繁星喧嚷
乾燥多風的藍夜，便獨自汩汩流著
一整個虛無流域的乳汁——
我雙手擠壓搓揉逗弄撫觸終於
踩扁她——
在大地如此豐腴厚實的胸膛，我必要留下
我凌虐過的一點證據。

之後我撿到一副陽具。那般突兀

龐然堅挺於地平線
荒荒的中央——
在人類所曾努力豎立過的一切柱狀物
皆已頹倒之後——呵，那不正強烈暗示著
遠處業已張開的鼠蹊正迎向我
將整個世紀的戰慄與激動
用力夾緊：
一如我仰望洗濯鯨軀的噴泉
我深深覺察那盤結地球小腹的
慾的蠱惑

之後我撿到一顆頭顱。我與他
久久相覷
終究只是瞳裡空洞的不安，我納罕：
這是我遇見過最精緻的感傷了
看哪，那樣把悲哀驕傲噘起的脣那樣陳列
著敏銳與漠然的由玻璃鐫雕出來的眼睛那

樣因為痛楚而微微牽動的細緻肌肉那樣因
為過度思索和疑慮而鬆弛的眼袋與額頭那
樣瘦削留不住任何微笑的頰——我吻他
感到他軟薄的頭蓋頭
地殼變動般起了震盪，我說：
「遠方業已消失了嘛？否則
無能將你亟欲飛昇的頭顱強自深深眷戀的
　軀幹
連根拔起？」

之後我到達遠方。
一路我丟棄自己殘留的部分
直到毫無阻滯——直到我逼近
復逼近生命氫的核心
那終究不可穿越的最初的蠻強與頑痴
我已經是一分子一分子如此徹底的分解過了
因而質變為光為能

欣然由一點投射向無限，稀釋
等於消失。

最後我撿到一顆漲血的心臟。
脫離了軀殼仍舊猛烈地跳彈
邦浦著整個混沌運行的大氣，地球的吐納
我將他擱進空敞的胸臆
終而仰頸
「至此，生命應該完整了……」當我回顧
圓潤的歡喜也是完滿。
傷損的遺憾也是完滿。

鑑評

陳克華，山東汶上人，一九六一年十月四日生，台北醫學院醫學系畢業。曾為「陽光小集」同仁，「四度空間詩社」同仁，《現代詩》季刊執行主編，曾獲多次全國學生文學獎，中國時報敘事詩優等獎，陽光詩獎。現任榮民總醫院眼科醫師。著有詩集：《騎鯨少年》、《日出金色——四度空間五人集》、《星球紀事》、《我撿到一顆頭顱》、《與孤獨的無盡遊戲》、《欠砍頭詩》、《騎鯨少年》、《善男子》、《BODY身體詩》、《一》、《花與淚與河流》、《乳頭上的天使》等。

簡政珍讚譽陳克華「是新世代少數能透過詩的語言表達哲思或對現實感應的詩人，他也是能構思長詩，且使語言不淪為散文的少數優秀詩人之一。」（見〈陳克華論〉，《台灣新世代詩人大系》六五九頁）。以一個熟悉人體的醫者而言，陳克華深切體會人身肉體有限，生命稍縱即逝的可悲，現實卻又如此荒謬地重重圍困與打擊，因此，在他的詩中採取了兩項主要的逃避或對抗的方式，一是性意象在其詩中隨處可見，從早期的《騎鯨少年》到近期的《欠砍頭詩》，每冊詩集或多或少都直接暴露性器官、手淫、精液，企圖以最直接、最原始的肉體發洩（連做愛的對象都沒有）來逃避或對抗，二是完全跳離腳下這個星球，從遙遠的外太空回視滾滾紅塵，以完全的脫逃來代替完全的介入，完全的脫逃其實也就是完全的投桃報李，是逃避，也是對抗，無奈的對抗。

〈我撿到一顆頭顱〉，一路上都在撿拾別人丟棄的手指、乳房、陽具、頭顱，甚至於心臟，真是「撿到」嗎？「之後我到達遠方。／一路我丟棄自己殘留的部分／直到毫無阻滯——直到我逼近／復逼近生命氫的核心」，可見所有的人都要丟棄這些肉體器官，要一分子一分子徹底分解過，才能質變為光為能，老子認為人最大的憂慮就是在於有「身」，陳克華此詩也有此意，所以，圓潤是完滿，傷損也是完滿。〈我在生命轉彎的地方〉，寫錯過的情意，是陳克華的另一個面貌。人生的際遇往往在你浪起時別人潮落，月亮升起，小孩走失。「轉彎」二字下得極好。

瓦歷斯・諾幹（一九六一——）

關於泰雅（Atayal）（組詩）

一、出生禱詞

嬰兒就要出生，
從媽媽的肚子裡，
像河水順暢地滑出來。
很快地，你就要出來，
用你螢火蟲般的亮光，
照耀叢林的缺口，
像風，像鳥翼，像飄雲，
沒有纏藤能夠阻礙你。

快快出來，孩子
偷懶的雙腿，
茅草纏繞並且發胖，
貪戀睡眠的身軀，
精靈使你發腫。
出來讓我們見面，
祖父備好小番刀，
等待你獵回第一隻野獸，
祖母備好織布機，
等你編織第一件華服；

出來了，嬰兒出來了，
一對鷹隼的眼睛閃閃發光，
四肢如強健的雲豹，
熊的心臟，瀑布的哭聲
嫩草的髮，高山的軀體
完美的嬰兒，

自母親的靈魂底層，
成為一個人（Atayal）。[1]

二、給你一個名字

孩子，給你一個名字。
你的臍帶，安置在
聖簍內，機胴內，[2]
你是母親分出的一塊肉。

孩子，給你一個名字。
讓你知道雄偉的父親，[3]
一如我的名字有你驕傲的祖父，
你孩子的名字也將連接你。

孩子，給你一個名字。
要永遠記得祖先的勇猛，
像每一個獵首歸來的勇士，[4]

你的名字將有一橫黥面的印記。

孩子，給你一個名字。
要永遠謙卑的向祖先祈禱，
像一座永不傾倒的大霸尖山，
你的名字將見證泰雅的榮光。

附註：1. 泰雅族自稱為Atayal，人的意思。

2. 泰雅族嬰兒臍帶脱落後，男的由父親收藏於聖簍內，期待長大後成為勇士，聖簍內置發火器及馘首之頭髮。女嬰，則由母親收藏於織布機的機胴內，期待長大成人後精於織布。

3. 泰雅族命名方式為「父子連名制」，例筆者瓦歷斯・尤幹，瓦歷斯為我名字，尤幹為我父親名，我的孩子是「飛鼠，瓦歷斯」。

4. 古時，泰雅族信仰祖靈，一個人生而為Gaga的一員，個人的生存必賴Gaga，積極參與Gaga的群體功能是個人最大的安全與維持生存的保障。而出草獵首為泰雅族男人爭取榮譽與地位的主要手段。

5. 泰雅族澤放列亞族（Tseole）相傳以大霸尖山為祖先發源地。筆者為澤放列亞族之北勢群

（分分於大安溪上游部分）。

鑑　評

瓦歷斯．諾幹，漢名吳俊傑，筆名柳翱，台灣泰雅族人，一九六一年生於南投縣和平鄉泰雅聚落——埋伏坪（今稱雙崎）。台中師範專科學院畢業，現在國小任教。一九九〇年八月創辦《獵人文化》月刊，撰寫部落報導與原住民神話、傳說之整理。著有散文集《永遠的部落》、《泰雅腳蹤》等；寫詩迄今約有二百餘首，著有詩集《想念族人》等。曾獲八十一（一九九二）年年度現代詩獎。

本書所選〈關於泰雅〉即是作者獲得年度詩獎的作品。以下特輯錄全體編輯委員對該詩的評語，以供讀者參閱。

．〈關於泰雅〉主題明確，語言純淨，風格富於陽剛之美，十分動人。雲彩、熊、瀑布、嫩草、高山等意象，莫非就地取材，活生生取自原住民的真實環境，故具體而踏實。而語言在樸素之中並不簡陋。「你的名字將有一橫黥面的印記」，這是多麼硬朗的句子。希望詩人能為其族人寫出宏美的史詩。（余光中）

．泰雅族人是以祖靈（Kutux）為中心。祖靈是一切禍福的根源。如果子孫遵奉祖先，泰雅族的每一個人都會身體健康，農作豐收，因此他們對每一新生的嬰兒，都賦予極大的期許，告誡他們要學祖先的勇猛，父親的雄偉，將來不失為一個值得驕傲的山的子民。〈關於泰雅〉這首詩

充滿正直、自信、剛陽、勇武之美，像一首宏大的有關泰雅的史詩的一個序曲。（向明）

・雖然全詩充斥著父權的口吻，但語言的樸實與明朗，往往給人一種特別清新的感覺，且呈現出原始的生命力。（商禽）

・從新生命誕生的原初，正因為一切尚未開始，所以對於一切才有如此殷切的期盼，就在親人、族人的祝福聲的逐漸升高中，這是最親切、最慈愛、最虔誠的祈禱，也是最能令人鼓舞、最能給人連帶感、最能令人感懷的詩篇。（林亨泰）

・這兩首詩，在表現技巧上傾向於中國固有的抒情傳統，紮實而又深厚，作者本此繼續發展下去，可能會找到一條更浩瀚的大河。全詩意象準確，充滿一股民族的大愛，他希望咱們的下一代，都像一座永不傾倒的大霸尖山一樣壯偉，令人動容。（梅新）

・瓦歷斯・諾幹的語言，十分暢順而具動感，那種不需解說的自然和親切，就像終日無憂無慮歌唱在深山的瀑布。（張默）

曾淑美（一九六二——）

襪子的顏色

一

鬱綠與深褐
夏秋之交的氣氛
溫暖而惆悵

走走停下來
你卻想：冬的腳步近了

二

我把傷心隱藏在

襪子的顏色裡：
鬱綠與深褐
夏秋之交的氣息。

我的傷心始終不忍
涉足絕望的雪地

1978年：13歲的挪威木與16歲的我

我曾經擁有一個女孩
16歲
或者該說
從未單獨旅行
她曾經擁有我
胸罩仍然由媽媽購買

她讓我看她的房間
第一封情書還沒有出現
不是很好嗎？
每年持續長高1.5公分
挪威木
輕微口吃
當我醒來的時候
對世界的看法絕對純粹
我獨自一人
彷彿伸出手指就可以把空氣切開
這隻鳥兒已經飛走了
1978年夏天
所以我生起火來
鳳凰樹咳血似地開花
不是很好嗎
16歲的我與13歲的歌
挪威木

註：「挪威木」原名Norwegian Wood，是The Beatles在一九六五年出版的歌。

鑑評

曾淑美，南投草屯人，一九六二年十月廿七日生，台中女中、輔仁大學哲學系畢業，曾任《人間》雜誌採訪編輯，意識型態廣告文案，代表作品有「開喜烏龍茶」系列廣告，現為自由工作者。一九八一年開始寫詩，大三時曾與柯順隆、徐望雲等輔大同學創辦《草原》詩刊，著有詩集《墜入花叢的女子》、《無愁君》等。

羅智成在〈讀詩〉中認為，曾淑美在她的詩作中不自覺地透露出：「好的詩是好的生活的出發點」這樣的信念（見《墜入花叢的女子》代序）。羅智成認為曾淑美詩的結構實在不夠好，他說：「對大作品而言，『結構』指的是布局；而對這個詩人的抒情短作，我抱怨的是文字密度或意象的分布不勻，零落、突起的充沛意象不足以妥善照顧到先行的、繼起的氣氛經營，像喝了一杯沒有充分調開的、充滿顆粒的咖啡或牛奶，一些好的句子不足以營造出聲勢而懸浮在平庸的立體上。即使有清香的小品，但不時吃到隨時浮上來的綠茶葉片。」不過，就像曾淑美所設計的意識型態廣告一樣，新新人類所需要的結構是一種不需要特別建構的結構；這裡緊繃，那裡閒置也是一種結構；精緻的品味是一種結構，在精緻之中留存粗糙的纖維，也是一種結構；挺直的金屬性圓柱，是一種完善的結構，在圓柱旁邊再堆放不曾雕、砌的磚塊、原木，也呈現另一種美的結構。曾淑美的結構、布局，或許要以這種角度來欣賞。

〈襪子的顏色〉，引曾淑美的詩句來說：「對世界的看法絕對純粹」，不會有羅智成所禁忌的平庸的雜質。每一句幾乎都緊扣「襪子」或「顏色」，與襪子相涉的如：「溫暖」、「走走」、「冬的腳步」、「涉足」；與「顏色」相關的如：「鬱綠與深褐」、「夏秋之交」、「溫暖與惆悵」、「傷心」、「絕望的雪地」。很多人穿白色（雪地）的襪子，曾淑美卻把傷心隱藏在襪子的顏色裡，不輕易顯露。

〈一九七八年：13歲的挪威木與16歲的我〉，是懷念青春的小詩，一九七八年，曾淑美十六歲，披頭四的〈挪威木〉是在一九六五年出版的唱片《橡皮靈魂》中的一曲，也已流行了十三年。十六歲那年，曾淑美因為〈挪威木〉這首歌初解人事。這首詩第一步宜先閱讀偶數句，再閱讀奇數句（楷體字），雙行部分說的是台灣女孩的十六歲，單行的是披頭四的歌詞，而後再逐行閱讀，讓二者交融、會流，感受十六歲少女莫名的憧憬。

林燿德（一九六二——一九九六）

終端機

…………我
迷失在數字的海洋裡
顯示器上
排排浮現
　　　降落中的符號
像是整個世界的幕落
終端機前
我的心神散落成顯示器上的顆粒
終端機內
精密的迴路恰似隱藏智慧的聖櫝

加班之後我漫步在午夜的街頭
那些程式仍然狠狠地焊插在下意識裡
拔也拔不去
開始懷疑自己體內裝盛的不是血肉
而是一排排的積體電路
下班的我
帶著喪失電源的記憶體
成為一部斷線的終端機
任所有的資料和符號
如一組潰散的星系
不斷
　撞擊
爆炸

蚵女寫真

——報導攝影實例示範

鹹的風
鹹的潮
鹹的砂礫
（我必須忠於鏡頭
　鏡頭必須忠於歷史）
稻穗豐饒的幻像
在海平線前飄移
她的生命
醃在不老不死不滅的鹽裡
（快快按下快門
　小馬達在機身中翻轉底片）
鹽　鹽是她肌膚自幼凝聚的色澤

用鹽的晶方鑄成的乳房
脹滿鹹溼的青衫
四季輪替……
（我不會不誠實，用舊底片欺瞞）
沒有空間只有時間
在蚵寮村
世世代代
蚵女勃張而憤懟粗糙如鋼筋的腳趾
種植在外傘頂洲鬆弛的皮膚上
（這一張，要適度曝光
　在暗房中，沖曬出……）
啊永無表情的蚵仔蹲踞著
啊永無耳目的蚵仔蹲踞著
啊永無口舌的蚵仔蹲踞著
啊永無臉孔的蚵仔蹲踞著
（我的鏡頭必須適度剪裁
　才能捕捉到真相中的真相）

蚵仔的腥氣帶來生存的歡愉
蚵肉綿綿
一筐筐新鮮上市
胸脯綿綿
一個個稚子問世
鄉情綿綿
她的男人
也擁有帶腥氣的糾結腹肌
一躺下身軀便占滿寒微的斗室
（誰敢輕視，我一捲捲
　黑白底片擬古的傷逝）
每一次颱風撲襲
她用綿綿的胸脯死硬護守
飄搖剝離的蚵架
（我替她在面頰抹一把泥
　以致於保持住自然的神色）
每一次颱風撲襲

狂風捲走了人間一切的溫度
沖走蚵仔
卻沖不走腥氣
分不清，淚和雨
（請側頭哭泣，社會大眾才有同情）
請再經歷一次災變
（攝影師心中的傷口比蜷屍更鹹更腥）
長堤崩裂
海水倒灌
沙洲不堪承受的苦難狠心降臨
直到隔夜
蚵仔們腫脹的屍首被
浪濤恭恭謹謹地奉還給蚵女
啊她的靈魂是美麗而聖潔的祭品
獻給不老不死不滅的鹽
獻給整塊海洋抽搐摻血的色澤……

鑑評

林燿德，本名林耀德，福建同安人，一九六二年二月廿七日生，輔仁大學法律系畢業，「四度空間詩社」同仁、「書林詩叢」編輯委員、「尚書詩典」總編輯。著有詩集《銀碗盛雪》、《都市終端機》、《妳不瞭解我的哀愁是怎樣一回事》、《都市之甍》、《一九九〇》、《不要驚動不要喚醒我所親愛》。

曾與林燿德合編文集的鄭明娳指出，林燿德以質量並重著稱，五部詩集奠定了他前衛性的思考傾向。鄭明娳認為他挺立於世界文壇的思潮浪峰，面對著嶄新的詩學疆域。所以，透過林氏詩作可以具體了解後現代主義在台灣的影響和本土化的實證。（見《台灣新世代詩人大系》第七〇一—七〇四頁）。

「主題的龐大深沉，意象的絕對個人化，多數詩長得像令人窒息的大錦蛇，在在都讓外行人誤以為是六〇年代現代主義晦澀詩作的再現。」在這樣辛苦的閱讀中，白靈發現：「林燿德並沒有真正甩掉他的『浪漫』，他的懷裡始終有四大主題交相作戰，彼此時深時淺地流動：曰星球、曰戰爭、曰都市、曰性，這些可是他詩結構的四根樑柱，但又能相互移位、搭疊，甚至生鏽或咳嗽時都會垮出一堆——它們彼此具有『滲透性』；或可將之稱為『主題間的相互模仿』或『主題的相互滲透法』吧！這種手法可說是林燿德詩作結構上的最大特色。」（見《都市終端機》前之〈導讀〉）依循白靈此四大題材之說，或許稍能理會林燿德的炸藥都在哪些地方爆破。

〈終端機〉是都市人在機械文明摧殘下的崩潰心情。人，「成為一部斷線的終端機」，日常生活為機械所困，不管喜不喜歡，接不接受，人與人與心情，都在「終端機」前訴說，無可迴避。〈蚵女寫真〉之副題是「報導攝影實例示範」，發表於一九八七年四月，正是羅青〈錄影詩學舉例〉、〈錄影詩學之理論基礎〉發表之後，顯然是在實踐羅青此一呼籲。張漢良的解讀，認為標題已暗示出作者對所謂寫實與報導的反射性質疑，並後設性地界說了此詩的遊戲規則。構成詩言談的兩種聲音（括號內是第二種）形成的對話結構，交代出媒體（文字、攝影）以及駕馭各種媒體的意識之間的辯證關係，與相互顛覆的可能。（見《妳不瞭解我的哀愁是怎樣一回事》之序文）。所有的「寫真」很可能類此而「造假」，所有的報導是為報導者的單一視野所掌握。

林燿德另有詩評論集：《一九四九以後》、《不安海域》、《羅門論》等，及其他類型作品，鄭明娳肯定「在林燿德的創作空間裡，多種文類互相滲透、共同構築一系列宏觀的靈視空間，也建立了他獨特的文體特色。」

林燿德正值盛年，不幸於一九九六年一月八日晚間，猝發心疾辭世，詩壇友人聞此惡耗，咸表痛惜震驚。

陳斐雯（一九六三——）

地球花園

為了讓妳相信
我們真的可以擁有
一座地球花園
請原諒
我不許妳摘花

難道妳不能
想像自己是一朵花
是一朵花而能夠
夜夜在月光的哄抱中
睡去，小夢柔淺

這不是很好嗎
妳在露水的長吻裡醒來
迎風梳妝的時候
仍呵欠連連
我偶爾路過，彎腰問候
難道不能
為了這樣美麗的問候而
不許妳摘花

如果我們流浪在世界各處
但事實上卻只是
在一座花園裡雲遊
那不是很好
我們路過每一朵花的家
彎腰向它們請安的時候
自己也含笑成一朵花

為了加速實現
我們的地球花園
我已經摔破了九十九隻花瓶
並與整條街的花販反目成仇
而妳竟滿懷著花走了
頹坐在妳芬芳濺溢的背影裡
我含淚地說了再說
不許摘花……

貓蚤札

蚤1

我是被命運責備過的人。
你看不出來嗎？我正在悔改。
如今，即使只是去吻一朵花，我也會顯得十分鬼鬼祟祟了。

蛋2

一隻鳥飛過去了，天空還在。就是這樣。
我懷疑，但，就是這樣了。
有時候，眼睛只肯告訴我這麼多。

蛋3

我的狗終於長大到會發情的地步了，牠抱住我的小腿作愛，動作自然而正確；我踹牠一腳，想起十六歲時辱罵過一名對我索愛無度的少年，他那沮喪莫名的神情啊！

蛋4

是張年輕的臉，長滿新鮮柔美的花草，
…………
除草機剛剛從上面推過。

蛋5

我失眠
唯一能在黑暗中撫養我長大的惡夢拋棄了我。

蛋6

墮落的天使折損了一隻翅膀，自天上摔下來，從此就下落不明。
我撿到那隻翅膀，飛了起來，一直飛，也不知會飛上哪座天堂……

蛋7

在擁擠的公車上，我的下顎幾乎泊在一名年輕尼姑的光頭上；我注視著，一束豔麗的霞光自窗外折射進來，落抵那尚無戒疤的頭頂，宛若一面閃爍妖光的古銅鏡，照現我正在迅速發育、潰爛的七情六慾。

蛋8

凡是愛美的、不準備腐朽的靈魂，都已聽過永恆對它們說出的不道德耳語，而且從不打算與別人分享。

蚤9

那些成熟者賜給我一根魚刺，讓它哽在我的咽喉，幫助我在情
不自禁想說「愛」的時候，記得恐懼疼痛。
也許他們是對的，但我恨他們。

蚤10

黑夜的懷裡有股憂鬱的體味，標記著青春的汗漬，聞了使我對
無可奈何的過往，倍加戀棧。

蚤11

有幾個畫面我是忘不了的，但我說不出它們對我的意義。每當
坐在風中凝視它們，便感到風在削蝕我對意義的熱誠。

12 蚤

這首歌仍然使我憂傷，然而，憂傷得很平靜了。

鑑評

陳斐雯，台灣台中市人，一九六三年八月二十日生，台中女中、文化大學中文系文藝創作組畢業。曾任《人間雜誌》採訪記者、自立報系編輯、《中國時報》浮世給版編輯。著有詩集：《陳斐雯詩集》、《貓蚤札》。

對於陳斐雯的詩作，焦桐在〈八十年代的新浪潮〉文中稱許她可能是夏宇之後第一人，「語言清新、想像飛躍」，「具有女詩人特別敏感的纖情，透過唯美的抒情調子，如絲如縷細訴一種輕柔的溫愛。」

李瑞騰則在《七十四年詩選》編者按語中說：「她的作品中的美，不是那種傳統女性的典婉秀美，而是一種任性，有點刁蠻，有時也夾雜著一些叛逆的味道。」頗能掌握陳斐雯詩作的精靈氣息。

〈地球花園〉發表於一九八三年，這一年陳斐雯二十歲，還在大學讀書，第二年又發表同質性極高的〈養鳥須知〉。向明在年度詩選的編者按語中說：「她這種從博愛觀出發的自然生態保育理論，較之一般的只知責難和揭發的詩文，既具親和感又有說服力，任何人讀了都會覺得摘花捕鳥是一種多麼自私的，自絕於大自然的愚笨之舉。」這首詩表現了二十歲少女的細膩心思

（如：小夢柔淺），浪漫情懷（如：世界一花園），有些撒嬌式的率真（如：我不許妳摘花），嘔氣式的誇飾（如：我已經摔破了九十九隻花瓶，並與整條街的花販反目成仇），這樣的一分純真，一新現代詩壇多年來矯飾成習的耳目，因而贏來許多讚賞。

〈貓蚤札〉是一些感覺的存真，她不需要結構、震撼或感動，或許只需要一些會心、微笑。前輩詩人周夢蝶對她的這一組詩特別欣賞。

白家華（一九六三——）

蛾

一隻來歷不明的蛾
在我的書頁裡被夾成一個扁平的單字
當我無意間閱讀到
彷彿唸出「恨」的發音
牠最後的遺言
那夜
我馬上夢見自己
踩在滿布牠們屍體的曠野上趕路
每踩一步
就響起腹部爆裂的脆響
踩一步

響一聲
踩一步
響一聲
每一聲都空洞得
像牠們體腔的虛脹
短促得
像牠們活過的一生

曬衣

整片的窗外風景
我的衣服只占小小一角
連袂，在竹竿上手牽手
風來，他們才順勢飄舞
舞罷風過，又恢復靜姿
直到下一陣風又來邀請

謙卑垂掛，一件件素色不惹眼的
單薄舞者
皆是我的體型輕盈
（遺傳自母親，瘦的身材
嬌小，適於在生活的細縫中
鑽進鑽出。）
有一雙硬挺的肩胛骨
和一副不厚實但堅毅的胸背
構成韌性的上半身
不太容易倒下，恆有一股什麼
像此時貫穿胸膛的竹竿
撐持瘦頎的我挺立
得自母親，這些體型特徵
還有慣用的曬衣手法
（將盆裡揉縐的，取出
緊緊擰乾，空中拍撲

垂掛後，充分攤開、撫平
　整個胸膛坦蕩蕩地，讓陽光
　　做最後的熨型。）
這日日年年、陽光下兒時記憶
成了如今不改的習慣和態度：
一切都是可以撫平的，像曬衣
像鈕釦可以鬆解，快乾……

乾化後，風中
我的體型謙卑垂掛，更輕盈了
衣質上的汗水
意外的血、偶而的淚
都洗淨了，潔白蓬鬆
可在生活中舒適地穿上，平平整整
繼續過活

鑑評

白家華，貴州貴陽人，一九六三年生於台南。逢甲大學企管系畢業，政治大學教育學分班結業。曾任味全公司企畫，耕莘青年寫作協會理事。一九九一年獲優秀青年詩人獎，後來又獲吳濁流文學獎新詩獎，台灣新聞報西子灣副刊最佳新詩獎，創世紀四十年優選詩作獎。曾參加「新陸詩社」，著有詩集《群樹的呼吸》、《春雨集》、《只因我深愛著你》等。

從生活中汲取詩的營養，又能從實物中蕩開詩的智慧，白家華的詩一向如此出入於動、植物的生命體中。如〈群樹的呼吸〉，一開始「靜下心來／我就能聽見／群樹的呼吸」，人與群樹是分立的，但是，經過多次人與樹的往返，最後「新鮮的氧／養足我的氣息／與我融為一體」「在群樹的最高枝／抖動的不是風中一葉／是我輕鬆自在的思緒」，人樹合一。準此以觀白家華的詩作，無一不是以詠物為始，以採其英、落其實結束。〈蛾〉如是，〈曬衣〉亦如是。

〈蛾〉，從書頁裡被夾死的「蛾」寫起，彷彿牠最後的一個遺言就是一個「恨」的發音。此詩的特色在於以聲寫義，如蛾被夾死是一件憾事，他不寫蛾屍乾扁的形與象，卻以「恨」的發音來閱讀。緊接著，設計自己在滿布蛾屍的曠野上趕跑，每踩一步，就響起腹部爆裂的脆響，這樣的脆響當然應該有他的象徵意義：「每一聲都空洞得像牠們體腔的虛脹，短促得像牠們活過的一生」，蛾之一生如此，然而，人的一生不也如此不堪一擊嗎？詠物詩的最後總要印證出人的生命的意義或感嘆吧！

以聲寫義，白家華另有一首〈蟬〉詩，也是以相同的寫法開始：「踩到一隻蟬的死屍／剝的一聲／身後追趕而來的秋天就更近了」！在眾多新新人類，競尚後現代主義的同時，白家華卻選擇了素白、家常、無華的生活詩，好像在《創世紀》與《笠》（白家華的作品中大都發表在此二刊物）的詩風中找到一個平衡點。

羅任玲（一九六三——）

盲腸

古道後面一條
小小盲腸
風起時
隱隱作痛
一截潰瘍的
　　　　鄉愁

寶寶，這不是你的錯

〔合眾國際社華盛頓六日電〕

世界人口研究所今天說，明天的某個時辰全世界將邁入一個新的里程——某個地方將有一名嬰兒誕生，使全球人口達到五十億——有史以來最大的數目。該研究所所長佛諾斯說：「從前並沒有這麼多人分享地球的空間。……由於目前新生兒有十分之九出生於第三世界，第三世界即很可能是該名新生兒的出生地。可預料的，他將在『貧窮、疾病、飢餓、文盲和失業』的環境中成長……」

清晨。
鳥聲喧噪。落滿紫藤。
我無力地闔上報紙，無力地，
想申辯什麼。

寶寶，這不是你的錯。

分享世界的清涼與寂寞。
陌生的七月裡，我們該為你歡呼喝采的。
呵。多麼不易。五十億分之一的機會。
而你光榮地領取了。
世界為你準備的，最大的一份賀禮。
貧窮。疾病。飢餓。文盲。和失業。

趁七月還美麗。
伸出你稚嫩的小手。
悄悄領回吧！
有一天，你也將看到：
精子與卵子如何激烈地爭辯。
粗糙地擁抱。然後。
像所有神經質的人類。
你，屏息等待，張口：
「明天，世界還要送出什麼禮物？」

七月裡。
我彷彿看見。你，在世界的角落裡——
無。聲。發。問。

鑑評

羅任玲，祖籍廣東大埔，一九六三年十月一日生於台北市，國立台灣師範大學國文系畢業，曾先後加盟《地平線》詩社，《曼陀羅》詩社，曾獲師大文學獎新詩首獎，耕莘文學獎新詩、散文、小說獎，梁實秋文學獎散文獎，作品曾收入海峽兩岸多種選集。著有詩集《密碼》、《一整座海洋的靜寂》等，散文集《光之留顏》等。

羅任玲崛起於八〇年代中期，她的視覺面對現實的困境，人類的前途，地球的危機，一開始就在詩作中作各種形象、程度不同的呈現。即以她的處女詩集《密碼》來看其作品的特徵，不外以下三點：

- 感覺敏銳，思考清晰，從容地穿梭於各種素材，最能曝曬深刻動人的一面。
- 語言確當，剛柔並用，輕巧地直抒事物的核心，使其豁然跳進讀者的眼簾。
- 氣氛森冷，風格新異，犀利地襲擊眾生的思維，從而衍生一些奇特的效果。

作者十分講求一首詩的深度與密度，通常顯現意象的方法是，亟力以自己最敏銳的心靈，捕捉某些超感覺的感覺，再以精確的語言，彎曲自如的語言，把攫取到的各種題材框框打破、重組，選擇一些比較恆久的，耐人低徊的，甚至是發人深省的酵素，然後予以巧妙地排列，以一幅幅新穎不同的畫面，讓它在讀者的心中閃爍。她的〈水族館〉一詩，曾被陳幸蕙選入九歌版的《年度散文選》，該詩是以散文的形式出之，充分展現意象、節奏之華美。莊裕安稱讚她的散文時特別指出：「德布西最好的部分，是音色而不是結構，現在的羅任玲也是。」其實把它加在作者某些音節悠然的詩作上，誠然也極妥貼。例如〈鷹〉，〈哈囉！黑暗〉，〈鞋子傳奇〉，〈菊〉，〈生日快樂〉……等。

〈盲腸〉和〈寶寶，這不是你的錯〉，是羅任玲兩種景觀、兩種格局不同的作品。前者藉盲腸之小寓意鄉愁之深不可測，別具慧眼。後者從一則新聞電訊出發，某個時辰世界又誕生一名嬰兒，不巧他正是整整的，第五十億人口。而人類飢荒、疾病如故，她為小生命悲嘆，更為全人類悲嘆。

田運良（一九六四——）

為印象王國而寫的筆記

生・新生初啼集

最初孕的隆凸
是生的遺址。關於新世界
誰帶我去開掘夢的廣漠腹地？
這遙迢，往桃源展去的人生途徑
都將鋪上哭笑及成敗榮辱。從此以後
前世與來生便交談著同一種手語和輪迴；綠

老・經驗合訂冊

嗯，囤積的春冬夏秋

還夠餘生慢慢蠶食
所以暫且不急著將感動完全讀完寫盡。因此
可以再將往事漆上薄層彩釉
可以卸除滄桑粉妝、可以亂戲紅塵
可以不收拾風霜、可以歡慶壽
更可以全心全意放下肩膀上最重的自己

病・淨心靈修書

一定是心髒了。
就像這樣零亂擺著幾冊護理手記
急需好好整理一些沉痾的癢或痠或……
痛。或許這樣比喻吧：
顏容猶如向晚的暮
愈遲愈……該滌淨心的黑夜

死・回憶懺悔錄

彷彿出塵。哦不
該形容那是掩卷長考後往事疾速清明的入仙。
返世。
寂靜很冬很冬
於眾神前掏出生命
誠心全數繳出：錯與誤的承認
之後，便可有幸無憾地走進歷史

鑑 評

田運良，河南封邱人，一九六四年五月五日生，陸軍官校機械系畢業，曾在軍中服役，並創辦主編《風雲際會》詩刊。曾獲陸軍第十五、十六屆新文藝金獅獎詩歌佳作獎，一九八八年全國優秀青年詩人獎。著有詩集《個人城市》、《為印象王國而寫的筆記》、《單人都市》、《個人城市》、《我書》等。詩作曾入選《七十七年詩選》、《秋水詩選》、《台灣青年詩選》（大陸版）等。

作者於中學時代開始習詩，八〇年代初期崛起於台灣現代詩壇。他的詩的觸覺相當猛烈，英武豪邁的直起直落，排山倒海的意象群，每每使人有招架不住之感。他刻意力求創造，不落前人的窠臼，且曾一再調侃自我：「寫詩，只不過是綠化自己」而已。田運良在詩的取向上，雖然難脫「後現代」的傾向。「然而他沒有失足於純客觀的白描，亦未陷入超現實的魔陣，他將現實和理想作了中和的搓揉，他的詩既不脫人間的呼吸，更重視天地的調和」（向明語）。例如〈個人城市〉組詩卅八首，頗為廣泛指涉現代事物，其中〈斗室〉、〈印章〉、〈立可白〉、〈音響〉、〈泡麵〉、〈馬桶〉、〈開關〉等等，作者的意圖不在這些事物的本身，而是他所塑造的意象情結，扔給讀者的思維，會是怎樣的突兀。茲以〈單人：床〉為證——

一大塊吸鼾的海綿
滋潤。甫開發的一小處綠洲
竟是夢遺舊址

短短三行，其挑撥撩人的情結焦距，何其燦烈。

而在〈我們在中國相遇〉、〈不要趴在我的傷口上哭泣〉、〈生命意義不等於飄泊〉……諸詩中所顯陳的文化鄉愁，歷史反思，以及迎面劈來的創痛，無不深深撞擊咱們的記憶而為之悸動不已。

〈為印象王國而寫的筆記〉，是作者近年經常挖掘的素材，其實人間的一切，皆可稱之為「印象王國」，豈僅生、老、病、死而已。作者巧妙地在每一正題下另加別具用心的眉題，使讀者更易進入他所鋪展的想像世界。而這也足以說明作者一直和詩處於對立的狀態，不然他怎能有那麼多源源不絕的新招。

鴻　鴻（一九六四——）

一滴果汁滴落

一滴果汁滴落在
我正在讀的詩上
我沒有立即擦拭；
慢慢暈開了
這一行的氣味，韻律，情緒綿長。
一滴果汁滴落，落在
一位遠方詩人新成的詩作，
他曾在無知的年少下放
到更遠的遠方做鍋爐工、煤爐工、車間操作
在那兒認識了漂鳥草葉和只存在夢裡的姑娘
入獄，平反，突然又被派去管理倉庫，投閒置散這一切都沒有人在意；
四十七歲的某一天，窗外的櫻花開了
他想起幼年的小巷，通往那
內心幽深盡頭的海洋，記憶陽光一樣射入
牆面的塗鴉，多麼像一首精心安排的詩，乘風
飛過
海洋，降落在我的書桌上
我喝著果汁，心不在焉地
等著夏天過去。童年的夏季
我偷過母親的錢筒打過哥哥欺騙過老師
長大後的某一天，忽然發現自己還愛著一個以上的女子，於是開始寫詩
長大後的哥哥教我，喝完鋁箔包
要把它壓扁，減少地球負荷的垃圾
也算是救贖人類的罪惡吧
我順手一擠，一滴殘餘的果汁
濺落在詩人的小巷裡。　一滴
果汁，誰知道它來自

遙遠的南非還是哪裡？它在果園內
聽不見外面的示威，抗爭，歧視，也沒有人在意過
這麼一顆陰暗的果子。
它無所謂地生長
無所謂地被擠壓封藏
又無所謂地
滴落；
憂傷地滴落——
或是滿懷盼望地成長
痛楚地被擠壓，而後
憂傷地滴落——
沒錯，這些不過是詩人任意的猜測
我們無以憑藉
只有它最後的芬芳
和顏色，鮮明
鵝黃，凝固在一首詩上
當手輕撫，光滑的紙面
完全無法顯示它和那些字跡的存在

然而又如此觸目，彷彿
為了證明回憶的堅定，飽滿
香馥，甚至帶有甜意
沒有人會誤會
它是一滴淚水。

鑑評

鴻鴻，本名閻鴻亞，一九六四年生於台南。國立藝術學院戲劇系畢業，曾任《中時晚報》電影記者、《表演藝術》月刊文稿主編、劇場編導，及楊德昌電影《牯嶺街少年殺人事件》、《獨立時代》合作編劇，曾獲中央日報新詩獎、聯合報新詩獎、時報文學獎新詩首獎。現為國立台北藝術大學電影創作學系助理教授，著有詩集《在旅行中回憶上一次旅行》、《黑暗中的音樂》、《與我無關的東西》、《土製炸彈》、《女孩馬力與壁拔少年》、《仁愛路犁田》、《暴民之歌》等，舞台劇本《如果在冬夜一個旅人》、電影報導《我暗戀的桃花源》，是一個在影劇與詩學穿梭自如的藝術工作者。

瘂弦是研究詩與影劇的前輩，他為鴻鴻的詩集寫序，說：「鴻鴻的詩常常展現一種高克多式的幽默、冷峭、敏感，故作正經，假裝沒事人，好心眼的使壞，以及一點點的狡猾。在敏感和唯美方面，他使我想到身世如謎（從不公開出現）的詩人方旗；在甜美、童話氣息方面，又使我想到夏宇。」

鴻鴻自己的詩觀是：「詩篇就像人世不可捉摸的黑暗深處傳出的恬適音樂，未必能指引光明，卻為恐懼與傷感帶來慰安。」「詩對我而言始終只是日記，頂多書信。」（見《黑暗中的音樂》後記）。

〈一滴果汁滴落〉榮獲十六屆時報文學獎新詩首獎，以電影手法、影像敘述，將詩人悲苦的一生呈現出來，鏡頭忽而台灣、忽而大陸，一蕩又到了非洲，忽而果汁、忽而詩行，一蕩又到了窗外櫻花，更遠的遠方的鍋爐工。淡出淡入之間，技巧純熟，最後以「淚水」作結，將「果汁」與「淚水」並列，甜與澀對舉，兩個詩人兩個不同的生活環境，此詩的張力於焉張揚開來。

丘　緩（一九六四——）

我的門聯

真的有美麗的鳥
兒　在　窗　外
仔細戲弄陽光嗎
好像是有啦
不　過　嘛
管這幹嘛呢

幾年前不早已失去聯絡了嗎
說的也是啦
可是不知為什麼突然想起來
該死該死
該活
該活該死

鑑評

丘緩，本名陳秋環，台灣澎湖人，一九六四年六月十五日生，淡江大學日語系畢業。曾為《曼陀羅》詩刊同仁，曾從事日文翻譯、廣告文案企劃工作，現於馬公市開設「秋環日語教室」、「愛情專賣店」（禮品、情趣日用品）。著有詩集《掉入頭皮屑的陷阱》等。

《掉入頭皮屑的陷阱》的〈後記〉（放在詩集的最前面），丘緩說：「寫詩的這些年，詩，一直是個人的渲洩、吐納、藏匿以及消息。」「一直覺得自己作品狀態很不穩定，或許就一如我的行素吧？而截至目前為止，〈新道德論〉一詩，我想是最能代表我的，讀一下這整首詩的內容及律動，幾乎就是個人心性、行為韻律及價值觀的影印了。」那麼，她的〈新道德論〉如何？全詩十一行如下：「我無暇跟你描述的若若干干／原來也不重要　哈哈／謝謝自己長久來犯的不過／如此微小的……／我們停止談笑或說謊吧／停下膽小無知或錯亂／戒除仰拜月色等候陽光／買一把向日葵玩玩／當唯美的夜被做成一個古夢；／早睡早起。／說夢話別吵醒自己」。詩壇的新新人類，真的是沒有負荷，不必抵抗的一群，他們可以隨意揮灑，生活與詩都如此瀟灑自在。

「顛覆」是他們的言與行、行與思的最佳寫照。丘緩〈我的門聯〉正是一首典型的作品。門聯「應該」左右相對，字數相等，詞性相同，平仄相反，句法相近吧！〈我的門聯〉保留了傳統的外型（無意義的外型），顛覆了所有門聯的內容，或許正如鴻鴻〈詩法〉最後所諷刺的：「只要懂得押韻／寫詩說來不難／意深何必化淺／真假不妨相參／至情當守須守／韻腳該換就換／因為既已開始／總要把詩寫完」。鴻鴻調侃了舊詩的格律，丘緩戲弄了門聯的格局，顛覆之意在此。

在〈我感到頹廢〉中，丘緩說「連感到頹廢都和他人類同實在相當頹廢」，詩，恐怕也怕類同，丘緩的詩卻能不與台灣詩壇類同（她，人在澎湖），自是一喜。她說：「我撿起自己的頹廢／離開了感覺頹廢的時光／希望在不知所云當中／發現躍升以及不知如何當中／知道如何。」這幾句話可以做為她詩集的宣言，她必是隨時攻占，隨時放棄，沒有面貌，才是面貌。

黃龍杰（一九六四——）

聲音

聲音從皮鼓
　從鈴鐺
聲音從弦和管
　從鍵盤和響板
聲音他迸跳出來
　蛻出臉和腳和手
　像啄破蛋殼
聲音她揣摩自我的表情
　摸索初誕生的身體
　一會兒被哭聲逗笑
　一會兒被笑聲嚇哭

喔！聲音該打該打
這光屁股的赤子

聲音在時間裡學泳
　在空間裡試步
我伸出父親的掌
當作你操場
任你跑步跌跤翻觔斗——
為你拭去塵世的汙泥
用吻。為你沐浴
用擔憂或感動的淚光

聲音躲在關節裡
和我玩捉迷藏
聲音溶入我靈魂
嚐來清香有甜味
聲音爬上了理想

終於，發現懼高症
聲音尿溼我的詩
我須用怒氣烤乾
聲音和我共舞
像樂符和線譜
　主調與和聲
像雙簧管
像二弦琴

而我發現全身
這兒，嘿，那兒
冒出了聲音——聲，音啊
像清泉在山間亂竄
　暖陽在融冰上眨
像栩栩的翅膀
欲撕碎我，分解我
一幅畫爆散成綵花

帶我飛，向百千個方向
向黑暗，向光

到一個
沒有聲音沒有我的地方……

鑑評

黃龍杰，台北市人，一九六四年生，成功大學外文系畢業，美國維吉尼亞大學諮商員教育碩士，曾任台北市立療養院臨床心理師、師範大學及國立師院輔導老師。一九九三年獲聯合報新詩獎，著有詩集《公寓裡的牧羊犬》等。

〈聲音〉這首詩要以具體的事物描寫抽象的聲音，想把音樂在人體內的衝撞和感覺表達出來，並且與人的成長相疊合，要把人類帶向一個「至樂無樂」的美妙境界。

黃龍杰另有一首〈舞蹈課〉，入選《八十二年詩選》，詩後有瘂弦的按語，移來做為〈聲音〉的評述，也很適切，瘂弦說：「音樂是所有藝術類型中最抽象的，替音樂傳神寫貌最難。音樂是不定形的流體，它適合於任何樣式的容器，有什麼樣的容器，就有什麼樣的音樂。」因此，聲音來自不同的樂器，卻能揣摩表情，摸索身體。〈聲音〉這首詩描寫人與聲音的感情，竟然用父子親情來表達：「為你拭去塵世的汙泥／用吻。為你沐浴／用擔憂或感動的淚光」將人與音樂的親密關係淋漓盡現。

白居易的〈琵琶行〉，歐陽修的〈秋聲賦〉，蘇東坡的〈赤壁賦〉，劉鶚的〈明湖居聽書〉，都有將聲音形象化的努力，不過，他們只在一個篇章裡的某個段落著力，黃龍杰則是以一整首詩狀擬音色、音容，成為台灣現代詩壇寫聲音的傑出分子。

李進文（一九六五——）

一枚西班牙錢幣的自助旅行

她舞蹈，她輕易迴旋南下以哀怨的弗朗明科方式
姿勢是草原……窗外有風說話的樣子像皮鞭
聲音是橄欖色，清脆如爆裂命運的花生殼
喔一枚西班牙錢幣，小於蘭陽平原，血中的密度大於歷史
起初正正經經頓著，跺著：左腳、右腳；軍隊、天主教
百褶花裙撒落漫天頑抗的種籽，長在金屬的臉上
直到醞釀多時的夜終於成熟，掌聲氾濫在這個島
或伊比利半島，恰巧厭倦了潮溼而幽禁的內臟。她舞蹈
她一轉身即翻落我的書桌，姿勢以中文校正
落地，就是異鄉

一枚忘記選舉和匯率的西班牙錢幣買賣遠行。又突然記起
曾經吉普賽和猶太人暗夜釀造的水果酒，其味如悲歌
安達魯西亞和此地的意識形態一樣嗜酒，酒瓶子
搖晃如島，一座島高舉的政權彷彿馬德里郊外亮麗的
沉默的，多麼沉默的十字架，曾經
一座島被森林，雲和鳥簡簡單單地占領
直到敲薄的空氣冷凍蜜蜂的音節
落地瞬間，一枚錢幣被哭聲追著誕生
遠處阿蘭布拉宮養著的那口鐘
在饒舌的夜裡，痛飲金門高粱

如此多情。那種舞步到五月仍念念不忘，塞萬提斯的
咖啡店，吉他，濃濃的橘子香自瓜達拉哈拉山腳下直接
探入我的窗口，撞上餐桌前一罐台灣啤酒
氣泡是紅的白的黑的嘴唇，像摩爾人和此際杯中的丑角
它們圍住一座升起的島嶼，討論政治和裸體。或關於
西班牙內戰，或亞熱帶下酒的經濟

曾經泥土中被冬天埋藏多少迷路的硫磺和語字
所以這次遠行，不是逃離命運，是從城市到另一個城市
像錢幣走的小徑，只專心傾聽落葉窸窣
走向某個黃昏某個早晨

旅行者是自己的獨裁者
她開始逛街；蒐集眼睛，肚臍，卵形的語言
雙腳一鎚一鎚打造光，把流浪買回來，把胎記買回來
再找還你一座島四週不安的海洋。而一枚西班牙錢幣
她那些脆薄的花紋如網，寂靜地躺在長長的海岸線
我鯨魚般的島啊，被浪綑綁，拷問。拳頭如淚滴
一張臉打造一段夢境，當一枚西班牙錢幣掉落
堅實，飽滿的回音；慵懶而自足
她在棕櫚樹下迴旋起舞，踢踢踏踏
記不起腰際佩的是十字劍或番刀

除了野薑花，沒人在家

野薑花靜靜地站在菩薩旁邊
約略高於慈眉
善目
目測樓梯，以稀微的小燈
幾乎誤判那是一條河

河在山裡度假，留下一幢空房子
只有家具，每天來客廳上班
夢也出遠門度假了

空氣老虎起來，莽原了下午
四月長長的側影
陽光的皮紋隨呼吸而輕顫著

對面鄰家的小孩哭聲健康
而菩薩還算硬朗
野薑花用墜樓人似的花瓣
提醒菩薩——

請菩薩休假一天
看房內可以香成什麼樣子
看世界可以亂成什麼樣子

菩薩靜靜地牽著
那靜靜的野薑花

樓梯聽見寂寞的家犬往上爬
像中年一樣喘；整條街的公寓
每扇窗，正與人間隨意交談

寵物與牠的上班族

養一張辦公桌當寵物，
牠對我狺狺暴怒，
丟一根肋骨讓牠樂觀；
打開罐頭食品餵牠，幫牠
梳毛、剔牙、上網，替牠
跟不愛牠的人開會，帶牠
去看心理醫生——
牠有瞧不起全世界的毛病。
馴服一張辦公桌，像馴服
一隻狐狸，讓牠屬於你。
多年後，
牠越來越軟體，風格肥肥的；
牠漸漸失去人生該有的初心

以及瘋狂。
放牠走，牠也不想走了，
已經養成日復一日的好習慣。
今夜，
辦公桌乖乖自動加班，
人模人樣地打瞌睡……
我為牠吹熄夢想，牠伸爪
擁我入懷。

靜到突然（給父親）

・

翻開書如同翻開你的海
飄落一片金黃的銀杏葉，那是深遠的

沉船古幣？……翻開你
如同記不住的浮標警句
灰燼從網路那端飄過來
我並未開機下載天意
沒有郵件確知你是否安頓了
暴風雨捲走你那漁夫晚霞的臉
招潮蟹路過眼窟逼向魚尾
沼澤似有白色的幡影搖曳

•

通過人中的一條準繩，不偏不倚
命理似地均分生與死
家族史趁隙鑽進礦脈吸氧，鑿開
愛。原來
那一條準繩要我們校對的是靈魂
不是功名與財富
要我們校對是為了免於迷路

要我們跪，膜拜，呼喊小心
要過橋了……
記憶策馬長驅胸臆，鎮壓恐懼

•

太沉默了，以至於你
怎麼流失語言、骨質、身體……我
不清楚，不清楚遠方如何接引你
你雙眼一閉就簡化所有的辭藻
而母親的數落已經跟梵唄木魚之聲
趨於一致了
母親那樣熟背鹽的苦味
時光怎麼甜蜜？我估計
你並不瞭解來了與走了
之間的意義。走運啊你

・

頭頂在第七天嘶嘶叫，魂魄沸騰成這樣
我把悲傷關小一些仍然超過攝氏八百度
溢出的滾水口吐泡沫，破滅時啵出好大
一聲歡呼：晚風徐徐入港灣！漁船滑過
空濛的道場駛向你，你好糊塗竟然沒有
捕獲任何想法就返航，頭頂的水草好煩

・

火交代要記得帶溫度進去骨灰罈
雖然從海上來的你似乎不怕冷
提醒你這趟沒有檳榔和米酒頭
而且此去西方航程遼敻，除非
你的心極樂、你的意念有翅膀。當
陽光以皮肉撞上花崗質的罈
鏗鏘之回音像雀鳥

跳開，又在靈堂不遠處覓食可口的陰影

・

遍灑之光
是琉璃的尖叫橫行曠野、上下貫穿佛號
鑽過菩提、神祕之鳳眼、終於串通念珠……
那尖叫乃妙音似的提問
提問究竟；涅槃微笑
不答

・

摺一朵朵蓮花，摺一枚枚元寶
送行的心是金紙銀紙
我知道除了死，還有更重要的事
我推遲苟活而高速鐵道卻一節一節拉我回去
處理燃燒

你睡一睡就成灰，灰是霧的基因將我繚繞

．

遺像仍一副無辜而
天真而可能隨時闖禍的模樣
無法忍受生與死之間沒有一句經典
以聯結我
無法忍受我竟能在網路搜索到數千筆類似的一生
遺像中你穿睡衣，看來隨意
或者太匆忙而來不及扮好一位父親
眼淚夾入一部經，翻開
蓮瓣翩躚而出如咒一句接著一句金色白色赤色
旋律以鞭，不可思議地刑著身、笞著罪
往事不斷地朝虛空發射
神靈隱身閃過世俗的傷害
於下午微風中，於遺像前
陽光與幽靈一邊議論一邊燒掉紙錢

‧

木盒裡有一聲滴答
封棺時不小心掉落的一聲
滴答；滴答開始鑽營，開發，稱霸
地底未曾發現的歲月

‧

夏天來臨，肉體早熟懂事地擔任石榴的職務
愈來愈多以果類為名的肉體
像母性一樣註定非甜不可，但不可
暴飲暴食：否則
佛陀一簍一簍地摘下肉體之今生，甚至前世

‧

牙齒在火中掙扎，試圖咬住大悲咒，未果
再咬，卻咬上一條游絲，輕嘆一聲就斷了

無有牽掛，終於舒服了
牙齒在肉身死亡之後據說偷偷長了一點點
火在清算時聽到鈣的話語常常流失

・

躺著是標題，內容無聲無息
湊不成一首詩讓你拄著好走

・

習慣裸睡的火不蓋被單
火的鼾聲是灰，身體乃熟食
基因，因為善念而熟睡
你終於不必醒在天亮以前
不必跟臍帶與插管搶食空氣

・

廢墟是營養的
有益菌與禮貌的蟲子居住其間
收拾乾淨這八十年
錯了與對了，兩者等長了
我沉默的時候正好超過四十四歲
長夏征服一個男人
微風革命一個浪漫主義的婦人
小孩是人間的萬有引力，在親情與蘋果之間
你呢
在這樣甜的鳳梨型下午
原諒咖啡漬不小心弄哭了衣裳
速度的藍橘雙色尾巴拖著一列高速鐵路
駛向你
窗外的陽光焦躁地走來走去要跟汗水說清楚
風從哪裡來，往何處去

．

新型病毒（譬如愛）
是信仰軟弱時於邊界徘徊感染的
死亡是無菌的，雜念最毒
所以誦經拈香時要小心
守靈之日驚聞
月色落網
供出魚尾紋是逃犯

．

蓮花長在天梯的兩側
日常生活一檻一階一無所懼地爬上去
不為參與輪迴
僅僅報名加入一個團體名叫鳥類
我只要日復一日，歲歲年年
與家庭一同前進

沒有目的就會抵達快樂

・

一口箱子以為藏有十八種武器
其實只有你在裡面
你的武器是火，急著焊開一扇天窗
卻聽見有人大聲呼喚要你閃避火
火大，就什麼都不思想了
你的身體曾經失火，這些，夢都知道
白骨讓我想到你身後的酒意

・

佛號是用微風與微笑搏聚的，無法訂製
人間唯有在想念的季節
微風才會微微笑
滿室香水百合整個西曬，孤獨竟然微溫

•

死亡證明單是你的身體簽給大地的。我後來只好同意。我夾起一片骨，不知是哪個部位樣子如此禪機這樣白皙，孝順地將它輕輕置入下午，深怕悲傷粉碎。諸菩薩領你前去，確定有喔、有喔。這樣一直喊。老榕樹下很涼的風像魂一樣飄送進來姿態都很慈善。其實你沒有落地，而是斂翅，以灰。……你在罈中休息，想家，看著我穿戴你的一部分身體，飲食你的一部分內容，繼續行走江湖。路人甲乙丙丁的頸項開出桃花李花。你在笑。

•

唯一不打算研究的是背影
最想要告別的是想法
對愛
靜到突然擁有一切喧囂

鑑評

李進文，一九六五年出生於台灣高雄，現居台北。逢甲大學統計系畢業，曾任職編輯、記者、多媒體數位內容產業，明日工作室副總經理，現任職《聯合文學》出版社總編輯、並任《創世紀》詩刊主編。多次獲時報文學獎、聯合報文學獎、中央日報文學獎、台北文學獎、台灣文學獎以及林榮三文學獎新詩首獎；二〇〇六年獲得年度詩人獎，讚語曰：「戮力探索詩藝，繼承溫柔敦厚的傳統詩教美學，有效節制情感，復不斷翻新技巧，音韻優美，圓融；意象準確而飽滿，景深幽遠；喻語新穎奇特，風格成熟，多年的努力，豐富了台灣的詩歌成績。」著有詩集《一枚西班牙錢幣的自助旅行》、《不可能；可能》、《長得像夏卡爾的光》、《除了野薑花，沒人在家》、《靜到突然》、《雨天脫隊的點點滴滴》等，散文集《微意思》等三冊，另著有動畫童詩繪本和美術詩集等。

鄭愁予說李進文「他將久已失去道場的抒情風，美學焦點，人性中追求『新奇稀有』又耽於『和諧故舊』這兩種分歧的傾向統一起來，使主知與主情，如兩組並不相戕的半音，相覓而成樂句。」稱之為「第三類的異音」。楊牧則看出他「使用液化，流動的抒情聲調，極成功地推展了作品的音樂效果。」李進文，前輩詩人寄望甚深的中生代詩人。

〈一枚西班牙錢幣的自助旅行〉曾獲得一九九六年第十九屆時報文學獎評審獎，已張開他後來作品中所有的觸鬚，尋探任一可能，包括新舊詩中最為缺乏的詼諧與雅趣，以一種輕旅行的方式，寄寓於一枚錢幣，隨行而發興，錢幣裡「血中的密度大於歷史」，從西班牙而及於餐桌前習慣置放一罐台灣啤酒的島嶼，沉澱的歷史古蹟，富饒的地理方志，讀者循線而有了自己的自助旅行輿圖。〈除了野薑花，沒人在家〉與〈寵物與牠的上班族〉，兩首詩都是對於當今社會生活觀察後的些微感嘆與諷刺，二十一世紀台北人在鄉、在城的孤獨心靈印記，二詩值得合觀而收互補之效，更增淒迷。〈靜到突然（給父親）〉這首詩，以「‧」分段，各段之間語意不相繫連，而語氣自然呵成，是淚盡之後的悼念，是知性的質疑與接納，可以感受到台灣民俗殯葬儀式之所然與所以然。

許悔之（一九六六——）

跳蚤聽法

我的佛陀，當祢巍巍端坐
如蓄勢的海，不動的山
我卻只聽見蟬嘶盈耳
如浪奔來，淹沒我對祢的呼喚
呼喚祢，我的佛陀
我跟隨祢，聽祢說法四十年
早已知道祢實無一法可說
我也無一法可得
祢是那舟，帶我渡河
河既未渡，如何燒舟？
四十年來，我嗅祢的味

觀祢的形，見法，如棄嬰長大
而祢，我的佛陀祢日益消瘦
我聽見祢的骸骨，瞬間的崩落

我也有喜，不喜法喜
我是一隻跳蚤，被寬容地
可以活在祢的衣裡，懷抱之中
他們還在聽祢說法
或因羞慚而涕淚悲泣
或因體解而讚嘆歡喜
只有我，只有我知道
祢是什麼都再也不能說了

四十年來，我將第一次
悲哀而無畏的
咬嚙祢，吸祢的血
我有法喜，這世界只有我

吮過祢的血
我有法悲，因為我吸的是
這世界最後一滴淚

鑑評

許悔之，本名許有吉，台灣桃園人，一九六六年十二月十四日生，台北工專化工科畢業，曾任《地平線》詩社社長、中時晚報《時代》副刊編輯、《聯合文學》月刊主編，現任有鹿文化總經理兼總編輯。曾獲大專創作比賽新詩獎、第一屆中華文學獎新詩首獎、八十三年年度詩獎。著有詩集《陽光蜂房》、《家族》、《肉身》、《我佛莫要，為我流淚》、《有鹿哀愁》、《亮的天》、《遺失的哈達》等。詩作曾入選兩岸多種重要詩選大系。

作者自幼酷愛讀書，對文學有一種本能的嚮往，一九八一年創作了生平最初的三首新詩，參加桃園新詩比賽，獲得國中組第一名，此後即開始大量在筆記上寫詩。一九八四年許悔之在高雄參加大專暑期文藝復興營，與陳去非、林渡、羅任玲等詩友結識，從而便聯合十七所大學廿二位詩友，共同組成《地平線》詩社，一九八五年四月《創世紀》第六十六期在「詩壇新秀」專欄中首次刊登許悔之的八首新作。洛夫在卷前特作如下的評述：「許悔之既有古典文學的基礎，又具備現代文學的精神內涵，對一個青年詩人而言，這些正是他未來發展的基本條件。但更重要的是，他有極其敏銳的感受力，且在詩中表現出對生命的焦慮……。」綜觀他當期的詩作，如〈牆上另一塊詩〉、〈審判〉等詩作，或許隱約透現某一二前輩詩人的影子，即使以今日眼光觀之，仍屬具有相當超現實詩趣的作品。

以後，作者視野逐漸擴大，經驗與時並進，觀察細緻精微，表現深刻生動。由私情、物情、鄉情、現實之情，而拓展到宇宙的情懷，晚近則虔誠地進入「天眼紅塵」的佛陀世界。綜觀許悔之在詩創作上的步伍是循序漸進的，甚至也是三級跳的躍進方式。除詩作外，他在詩評論上也很著力而有定見。吳潛誠在《肉身》詩集的結尾中的觀察，堪稱確鑿：「……我們看到詩人愈來愈少描述自我，愈來愈常關注別人和他物；觀照的焦點也從渙散、渺遠而逐漸凝聚、集中，用字遣句從花俏、籠統，逐漸變為平白樸實，表達方式愈來愈具體，詩篇愈來愈有質感，愈見重量。」

讀畢〈跳蚤聽法〉，我們為詩人心中一片坦蕩、蟬聲盈耳的無慾之海，驚詫而繾綣不已。是什麼樣的力量，使作者燦然觸達無明無滅的佛陀世界，甘願自己化身為一隻跳蚤，去傾聽祢蓄勢如海的聲音。這首詩「直接而又隱晦，色空而又執著，法喜而又愛染；是澄明之中的濁惡，也是濁惡之中的澄明」（王璇語）。

須文蔚（一九六六——）

稻草人

我的影子離開了我的軀體
奔跑出火焰，遠離田園

播種的日子
我細細模仿人們的舉止
農夫妝點我，殷切地
為我繫上兩串空罐頭，在風中
我便有了吼叫的高音

幼鼠用我瘦長的腳磨鈍
他們貪婪的牙齒，有恃無恐地

奔跑在田地與穀倉間
隨地拋下犯罪的證據，深信
農夫不會為了消滅他們而燒倉房
志得意滿的鼠輩預言：
缺乏對田園保衛的真心
支配田壤的稻草人，你將無法
阻遏任何一起竊盜案件

收成的日子
稻穗在空中升起金黃閃閃的光澤
狡黠的雀鳥結束日以繼夜的覬視
紛紛駐足於我肩上，暴露
我毫無活力的真面目，在風中
我聲嘶力竭地喊叫著
搖晃著我瘦長的身軀
鳥兒們的細足卻深深嵌進我的肌膚
我不禁懷疑為何要插足於一個

被揭穿的謊言中，無力面對
農夫的期望與禽鳥的訕笑
暈眩於稻浪前撲後繼的拍打

我奮力倒下，力圖
驅趕所有惱人的恥辱
雀鳥驚異地飛散到藍天
畫下一道圓弧後，重新
回到我身上

鑑評

須文蔚，祖籍江蘇省武進縣，一九六六年生於台北市。從小在眷村中長大，喜讀古典小說，寫詩，讀辭修高中時參加「寫作研習社」，由詩人艾農指導，了解現代詩的嚴肅與優美，屢獲校內文學獎。畢業後入東吳大學法律系，參加「曼陀羅詩社」，一九八九年獲學生文學獎新詩首獎，一九九〇年被評為大專優秀青年，一九九一年十月加盟「創世紀詩社」為同仁，一九九四年獲創世紀四十周年優選詩作獎。著有詩集《旅次》、《魔術方塊》等。

須文蔚為「創世紀詩社」崛起的年輕一代中的佼佼者。由洛夫、沈志方主編的《創世紀四十年詩選》（一九九四年九月），曾輯入他多首詩作。〈你沉默如雷〉，發抒年輕人內心的萎頓與失落感，但又隱隱中透現他們不屈服的意志。〈連環圖畫書〉充分發揮作者瑰麗的想像，深摯的情懷，全詩以八個章節組成，使人迎面捕捉如飲美酒的生命氣息。

〈稻草人〉模仿人們的舉止，終究只是徒具外型而無實力，立定一方而無法周遊各地，最後難逃倒下猶復受辱的命運。——這在實際的人生裡會有什麼樣的喻意呢？

稻草人，農人立此以趕鳥雀，結果，收成的日子一到，狡黠的雀鳥卻紛紛駐足在稻草人肩上，暴露了稻草人毫無活力的真面目。然而，在一個早就被揭穿的謊言中，到底誰在欺騙誰？農人？鳥雀？還是稻草人？——人是不是一直生活在早已揭穿的謊言中，自欺之外，復以欺人？

田園裡有自外而來的掠奪者，也有土地上侵擾不斷的鼠輩，他們有恃無恐，嚙咬作物、穀倉、稻草人，鼠輩們的預言，令人警惕：對於那些缺乏對田園保衛的真心，卻支配田壤的稻草人，將無法阻遏任何一起竊盜案件。執政當局，能無戒乎？

吳錫和（一九六六——）

窗

一

我是窗
請凝視我
我是一幅畫
最靠近你
我是不著一葉的樹
瘦硬的骨幹
照出日月的顏色
再遠一點，我是斷崖
乾淨的斧痕正如我剛直的個性

更遠一點，我是河的兩岸
我是敞開的原野
我是地平線
最遠的，是你不能遇見的
我是蒼茫
蒼茫是：一匹無形的
時空的
巨馬

二

在病中
我的窗是一隻深情的眼睛
有時明亮，讓我可以看見自由的飛越的鳥群
有時深邃，讓我可以聽見暗夜裡的一顆星
彷彿是自己不斷跳動的心臟
繞病室旋走，我要推開
點滴的窗，我要推開

藥物的窗，病痛的窗
讓每一張病床都可以是自由奔躍的草原
讓每一個病體都可以是自由呼吸的花朵
當我回過頭去
含淚的母親就是含淚的觀音
正以其溫暖的手掌
就像天空一般撫摩著一隻受傷的鳥兒。

三

今天，想去看你
所以我就去
站在你敞開的窗前
看你正趴在桌上睡著了
蕭邦的音樂像風一樣
吹過苦悶的哲學
你背後的盆花遂有了思想的顏色
每一本書，都是一個階梯

讓我看見不斷上升的風景
本來，我想叫醒你
可是，自由的蝴蝶都不留痕跡
所以你醒來聽到的足音
只是一隻愛思想的螳螂
獨步在地球之上
且向著天空
霍霍揮著一把逐漸老去的鐮刀

四

誰能推開眼淚就如推開一扇窗
白雲是天空的窗
而鳥的眼睛是誰的窗子呢？
當我熄去室裡的燈
天上的燈忽然都亮了
且一盞比一盞更有其慈悲的顏色
在盲人絕望的眼底

五

思想的弓拉動時間的小提琴
韋瓦第的四季
明媚了我窗前的風景

鑑評

吳錫和，台灣宜蘭人，一九六六年出生，文化大學企管系畢業，曾獲《台灣新聞報》西子灣文學獎新詩獎，教育部文藝創作獎一九九一年新詩組第一名，創世紀四十年優選詩作獎。著有詩集：《吐詩的蜘蛛》、《一起呼吸著》等。

爾雅版年度詩選《八十年詩選》，曾選入吳錫和的〈空罐頭〉，說：「我們是一群空洞的人／活著像一隻隻空罐頭／我們的內臟、靈魂、思想……／都被挖空／只剩下一具空空的軀殼」這樣的空洞人，有統一的標籤，沒有主見，東西南北吹什麼風，就跟著怎樣存在。將此詩與須文蔚的〈稻草人〉合觀，二十世紀末的人類那種空洞而無所依恃、不知歸趨的心靈，將無所遁形，台灣新興人類在空與茫之中尋找新的方向，在詩中表露無遺。「『空空』成了這個世界的特色，也是一種不斷迴盪的聲音。」編者李瑞騰也這樣慨嘆。

不過，李瑞騰進一步追問：「罐頭是現代物質技術發達以後的產物，但它很容易變成垃圾，成為現代人的一種負擔。所以空罐頭就不只是它的內在已被挖空，而且它將會惡化製造它使用它的人類之社會。於是，一群空洞的人，也就不只是自己沒用，對人際社會絕對是沉重的壓力。問題是，這樣的一群人，怎麼會產生？」從教育、社會、文化，不同的角度，值得我們思考。

當然，人性也不完全那麼墮落，吳錫和的〈窗〉為病痛中的人闢開一扇新景觀，任音樂不盡流淌，讓思想在其中穿梭，窗前風景也有了明媚的可能。此詩之第一節，從窗前的一株樹，推至地平線，從空間的存有又推向時間的蒼茫，思想的視野無限擴大，窗景就不僅是窗景而已。

方群（一九六六——）

武陵人
——再訪武陵農場有感

．之一

一竿風雨
敲打竹篷外凋敝的花季
好冷好冷的江水啊
總是記憶迴旋不到的終點
向左、還是向右
才是那來時的路？
我切切驅動綿綿細長的鬚髮
哪裡有桃花的香氣，我

便往哪裡去

．之二

總怕記憶的裂縫不夠寬
舢艫一擺首就偏滑過去了
我知道
白頭的楊柳上有一顆星
前行三百步
只有，我知道——
思念可以證明
離江三寸的雪
最冰
最冷

·之三

而我在驚愕中，迎面
黃髮垂髫
是異域遠來的魚族
桃溪依然落英，繽紛
他們說：
南方是種梨的山
北方則是養蘭的城
這是惟一的淨土

夜半
若有漁舟唱晚
必是客僧
悄悄提起青衫往事……

鑑評

方群，本名林于弘，台北市人，一九六六年生，台北市立師院語文教育系畢業，輔仁大學中文研究所碩士、台灣師範大學國文研究所博士，現任國立台北教育大學語文與創作學系教授。求學時，創辦「珊瑚礁詩社」，作品曾獲耕莘文學獎、中華文學獎、優秀青年詩人獎、聯合報文學獎、國軍新文藝金像獎、創世紀四十周年優選詩作獎等。著有詩集《進化原理》、《文明併發症》、《航行，在詩的海域》、《縱橫福爾摩沙》、《經與緯的夢想》、《微言》等。

方群的詩風是複雜而多變的，在他十餘年的創作表現上，除了現實的社會批判，辛辣的諷刺筆法之外，傳統古典的抒情作品亦不在少數。方群是傳統的學院派出身，對於古典意象的運用以及修辭技巧的掌握，經常是頗見新意的。向明認為方群詩作的主題在表現他深情的人道思想，「對生存面臨的各種歧義，都以關懷與同情的開闊心胸，進行觀察與彌縫。」（見《進化原理》向明之序〈未知中的真知〉）。

〈武陵人〉有借古詠懷之意，是作者舊地重遊的有感之作。「武陵農場」位於台中，是風景秀麗的森林遊樂區，以七家灣溪的「櫻花鉤吻鮭」聞名中外。全詩脫胎於陶淵明的〈桃花源記〉，分為三個段落，首段以風雨中追尋現實與虛幻交錯的桃花源為主，情致優美。次段則繼續描寫追尋的艱困，回溯過往的祕密約定。第三段則敘述抵達後的種種景況，其中隱喻避世而又不可得的矛盾心緒，令人回味。

這是一篇充滿古典情懷的詩作，借用諸多〈桃花源記〉的意象，唐人「獨釣寒江雪」、「江州司馬青衫溼」的情境，今日地理的「宜蘭」、「梨山」，都暗藏詩中，巧妙融合，可謂巧思不斷。在現代詩如何結合古典傳統的長久困惑中，此詩提供了一個相當深遠廣闊的空間，供讀者思考。

嚴忠政（一九六六——）

履歷表

今年比去年渺小
小到可以穿越雨隙和文藻
只有袖口微溼，而名姓有些受潮
但為了和你一起長出青苔
做為我們的盆栽
我錯過乾燥的日常
和景氣明朗。現在等候
有一個小小的島，面試我
在安靜，色澤偏藍的峽灣
許我搬動意象
換取一天的旅行和索居

有時，為鹿角蕨和馬鞭草送信
邀請木棉輕飄
有時一個剛剛好
就在傷口，我們走出隧道

我讀某高中，貓科
前趾有力，喜歡站在風的收斂處
信仰未填（因為此前
我們都不克前往更遠）

・原載二〇一三年十一月十九日《聯合報・副刊》

小日子

我與親密的陽光

在租來的房子久居
他睡窗格
我睡劇本旁邊
唯一不在劇情的演員
也想意外成為
戀人的一小段精彩

我在米白色的燈罩飼養寵物
二十瓦的光埋首咬字
一整年
才吃掉你的回信

沒關係，我會好好生活
隔夜的麵包再烤
就會遇見青醬和橄欖油

・原載二〇一五年十一月二十六日《聯合報・副刊》

鑑評

嚴忠政，一九六六年生於台中市，逢甲大學文學博士。曾任國立嘉義大學駐校作家、南華大學職涯顧問、惠文高中特約作家、《創世紀詩刊》執行主編、國立台灣文學館「文學教室」講師，現為「第二天文創」執行長、逢甲大學中文系助理教授。曾多次獲聯合報文學獎（二十四屆、二十五屆）、時報文學獎（二十七屆、三十屆）、宗教文學獎（五屆、六屆）、國家文化藝術基金會補助計畫。著有《黑鍵拍岸》、《前往故事的途中》、《玫瑰的破綻》、《失敗者也愛──The Sea》等多種作品集，並與白靈等合編九歌版《創世紀六十年詩選》。另著有《風的秩序：文學評述集》。

陳政彥曾評述嚴忠政的詩透過不同人稱來講述各式各樣的故事，故事性裡充滿現實關懷，但又不乏語言的轉化以及對藝術的高度堅持。王文仁則指出嚴忠政「勇於追尋詩語言的創新，並邀約讀者一同開啟對生命與存在的思考」。除此之外，柯彥瑩的碩士論文〈現代詩中的海洋書寫──以後中生代詩人陳育虹、嚴忠政、凌性傑為討論中心〉指出其作品在「海洋」這個主題與語言形式的延展也有突破性的演示。

嚴忠政的博士論文在討論「論詩詩」：〈台灣當代「論詩詩」的後設書寫〉（逢甲，二〇一二），但在自己的詩中卻少有這種趨向，倒是跟他的「第二天」文創所標舉的「因為種種美好，我們向時間致意。因為每個第一天，都應該得到延續。」相類近，他的詩擅長營造多層次的內容，彷如他的桌遊教具設計，在與他人互動中得到側面牽制、也得到正向回饋，因此在意象琢磨時，發展多方可能，埋伏歧義。如〈履歷表〉，可以看出潮溼、陰暗的內在特質，蕨類一般在詩中蔓延，錯失的往往是乾燥的日常、景氣的明朗，這是「我」或「島」的履歷，我或台灣的命盤推演。〈小日子〉，也是向時間致意的一種方式，卻以空間的窗格交給太陽，以想像的劇本留給自己，透露出一種不在場的精彩方式，有趣的是「沒關係，我會好好生活／隔夜的麵包再烤／就會遇見青醬和橄欖油」，不正呼應著「第二天文創」所應許的「每個第一天，都應該得到延續」，因為「每個第一天，都應該美好」。

紀小樣（一九六八——）

彌陀安厝

朝陽是一把金錘
撞破霧滑的黎明
金黃色的琉璃瓦有細微的裂縫
再也無法封藏彌陀的聖號

我來，不為日出
鳥噪與蟬喧，一聲接續一聲
風聲、雨聲、腳步聲……
響在心上　皆是短偈
彷彿要把天地遮蓋

烈日曾經紋身你黧黑的肌膚
烈火復再擁抱你細瘦的枯骨
腳印比阡陌還長
請休息　父親的父親
你的掌　確實犁開千頃的嘉南
甘蔗、稻米與漁塭
夢想巴望著長高與流長……

請休息　父親的父親
你的故事已經封鐔
但豐沛的八掌溪依然在我身上
奔流著你的血脈
一朵白蓮無端飄蕩
年年清明，彌陀寺前
一群白鷺將來為你啄破山嵐

送你

送到彌陀後山
這不是最後一站
你的骨
比我們的視線還高

怎樣的一種心情喲！

像一支老獵槍，被懷孕的牝鹿
之眼淚卡住，一句粗話鯁在喉嚨
又獨自吞下……

當神木被土石流折磨成
漂流木，堵住出海口
又被海草糾纏綁架……

像一部分期付款還沒有繳完的

腳踏車，鈴鐺已壞
又拋錨在山路上……

卡在信紙摺縫裡，肢體漫漶的
一個字，被淚水攤開摺上
又被顫抖攤開……

爸爸給我一把槍

不要逼問忙碌的處女膜。爸爸
為了我們的尊嚴，請你給我一把槍
我向你保證世界原封不動，地球傾斜著旋轉
像野蕨的孢子學會了淫淫的飛翔，我已知道了
怎樣不被碎玻璃割傷？用一條帶電的皮帶就能讓
神功護體，比融化的奶油溫暖，在潮溼的胯下
努力地組織自己的義和團，每夜，在大大小小的衖弄中

流浪；在擦身而過的陰囊皺摺裡傾聽生命凋萎的聲音。我也摸索出來
性姿勢比性知識複雜；括約肌比犬齒更有力量
海洋因為鹽而憂傷；篝火因為雪原而明亮；恐懼因為
糊塗四散的腦漿；有錢人有一百個鬆軟的地洞
貧窮則買不起土撥鼠的一根汗毛，離家之後，我四處碰壁
終於知道　把胡丁尼鎖在保險箱中比撕開保險套的包裝還難……

爸爸給我一把槍。在天花板、床榻下或者抽水馬桶旁
痛苦地供奉一尊二郎神，我偏愛生肖屬蛇的男人，勘驗隧道的
檢察官　夜夜擱淺在我一截暖滑的大腿上。因為藍色的青春期——
孟克瘦弱的「吶喊」刺不破社會肥膩的重聽；我清楚地記得
一年前的那些粗話，還有桌椅在電器之上跳踢踏舞的聲響
（儘管高中數學考一百分，仍舊算不出來）地下錢莊的複利
為什麼比媽媽的眼淚燦爛？而摔碎的瓷豬撲滿　小數點以下
滿地滾動的都是　弟妹們的驚惶……我也清清楚楚地記得
攀爬在他們手臂上的龍——伸出爪子，強硬索去你的兩顆睪丸
大方地送給你的左腳　三公斤的石膏。所以啊！爸爸給我一把槍。

每個月固定幾天，夜色凝靜下來的時候，我好試著用經血溫習
那一群粗暴的臉，直到有一天，我會理解——是誰允許他們
可以用銅　在哥哥的腦袋刺青……

爸爸，給我一把槍。以前我不明瞭十五公克的銅為什麼比靈魂還重
如今，青春節節敗退，我已經長大了，我知道　暗下去或者按下去
正義與公理就會記得我的指紋。而如果扣動欲望的扳機　食指比中指
更容易獲得快感；扣動扳機，歷史就會站在我們這一邊
我可以把你為我取的名字「李憶蓮」無恥地焊接在彈殼上
為了那一些比千萬隻跳蚤還癢的利息，用體溫撞出一個等待命名的
星系——教全世界的槍　張開耳朵　聽　腦漿唱歌……

爸爸給我一把槍。生命或許應該戰慄與激動
霓虹燈照出我們的徬徨無助是為了證明我們居住的城市彷彿
有光。爸爸，你完好的右腳知道嗎？愛是比子彈更快的
動詞，死亡當然也是；足以讓眼球亢奮，憤然拔槍的手腕
摩擦過歷史滾圓的肚腹；而其實可以雙腿一跨，一跨就是

一座永不回頭的台灣海峽。我們不需要再猥猥瑣瑣
瑟縮在幽黯的牆角　哀傷或者流亡　死亡或者遺忘　像
一隻隻肚破腸流的死蟑螂。爸爸！我不需要你跌跌撞撞的枴杖
給我一把真正的槍——在《真本金瓶梅》裡　我已挖空書頁　預留了
一顆黑色的星星，在那燃燒的缺口，每夜夢中就能聽到
蘭陵笑笑生的笑聲，或者藏在溼漉的枕頭底下，只要一顆星星
世人就不再懼怕；我會用勃起的意志　孤獨的抵抗化膿的月光
為世界找出靈魂真正的重量；然後把諸神雕成列柱，放在一個發臭的洞穴
當幽暗的槍膛裡摩擦出來淡淡的硫磺味的星光，我將爬出來
墮落為「人」。　爸爸！爸爸！你聽到了嗎？給我
給我一把槍。

鑑評

紀小樣，本名紀明宗，一九六八年生，台灣彰化縣人，國立台北商專附設空中商專企管科畢業。曾為婚紗人像攝影師，現為自由創作者，文學專業，擔任「布穀鳥」專業作文老師、「第二天」文創公司桌遊設計講師。自稱是「文字鬻」、「文字魃」與「文字鬱」……等無限公司典鬻

長，監造過九座囚禁詩的監牢，喜歡養詩——讓狼群撲咬。——詩是他受傷的蠟質翅膀，依然顛躓地向太陽飛翔……。劉克襄說：「台灣能堅持單一出詩集，且詩作勤快，能穩定量產，非紀小樣莫屬。在年輕和中生代一輩來講，完美結合寫實和現代主義內涵的他，絕對是具有代表性的新生代詩人。」同樣是彰化縣籍的蕭蕭也這樣讚賞：「紀小樣是彰化繼詩哲林亨泰之後最重要的名字。」

紀小樣是詩壇獵獎者的好榜樣，從磺溪文學獎出發，近者如南投縣文學獎、玉山文學獎、中縣文學獎、大墩文學獎穩入囊中，遠攻竹風文學獎、南瀛文學獎、夢花文學獎、後山文學獎，均能探囊而得，早年曾獲全國優秀青年詩人獎、吳濁流文學獎、西子灣副刊年度最佳作家、王世勛文學新人獎、中央日報文學獎、聯合報文學獎、生態文學暨報導獎、教育部文藝創作獎等等。著有詩集：《十年小樣》（一九九六年）、《實驗樂團》（一九九七年）、《想像王國》（一九九八年）、《天空之海：新詩》（二〇〇〇年）、《極品春藥》（二〇〇二年）、《橘子海岸》（二〇〇四年）。因此，他的新詩主題開闊，無物不可入詩，即使面對現實中的小事物，也能發揮想像力，接合徵獎主題。

選入此書的三首詩，都可以用「怎樣的一種心情喲！」來涵蓋。〈彌陀安厝〉是純粹的抒情作品，送親人上山的真摯印記與刻痕，詩中所創造的意象都能自然地將今日上山情景與昔日歷史無縫接軌，彷彿天生如此，彷彿天地與我一起送「父親的父親」到彌陀後山、懸著比視線更高的無比的思念。〈怎樣的一種心情喲！〉則以四個意象比擬那種難以比擬的心境，如老獵槍見到流淚的懷孕的牝鹿按不下板機，如被淚水漫漶、攤開又摺起的信紙上的字，斑斑淚痕都可以轉移到任何傷心人無奈的悸動。〈爸爸給我一把槍〉則以一樁被高利貸追殺的社會事件，寫盡那種不如同歸於盡的悲憤。怎樣的一種心情喲！「我將爬出來／／墮落為『人』」。

紫　鵑（一九六八——）

夜半瓣

吃水梨你半瓣我半瓣
啃芭樂你半瓣我半瓣
咬蓮霧你半瓣我半瓣

秋半瓣月半瓣
右手牽左手半瓣

上唇下唇半瓣
一個吻輕觸露珠半瓣
微熱石墩臀部半瓣半瓣依偎半瓣半瓣

阿勃勒樹下狂喜半瓣

·二〇一四年十月二十七日

今夜，我為你洗澡

現在，我們無聲相視
在你褪去人世間盔甲之後
踏入抒情的殿堂
來到我面前

風谷胸膛
一聲
雷
響

我不讓你和疼痛為鄰
我不要你與疾病一起腐朽

我要
為你洗澡

像青春那樣奔馳
像中年充滿氣概
像老邁慈悲沉穩

我要
為你洗澡

用洗髮精洗去暴風雪
用洗面乳潔淨最真摯容顏
用沐浴乳滑過臂膀滑向肚腩以下

它應該有的樣子

你的溫度
你的背脊
你的戰壕
你的臀部
你的堅持
你的雙腿

今夜，我為你洗澡

那輕盈的泡沫
必須慵懶
必須顫抖

親愛的
我是你的

手
像趕赴一場生死

・二〇一五年六月十六日

鑑評

紫鵑，本名許維玲，屏東恆春人，一九六八出生於台北。曾任職山水印刷、薇薇雜誌社，協助父親經營化學公司。詩作散見詩路、喜菡文學家族、楓情萬種、老爹文學網站等，及台灣各詩刊。個人網站：新浪部落格「紫鵑的窩」、大陸詩生活專欄「我和我的影子在跳舞」。

曾主編《乾坤詩刊》現代詩版（二〇〇七年一月—二〇一三年十二月），《創世紀》編輯（二〇一六年一月迄今）。二〇〇二年獲得優秀青年詩人獎。自述：「迷糊的中年女子。溫柔半兩，多心一片，肝膽五錢，淚水六斤。愛父母多愛九個三兩，愛朋友多愛情四分。都怪那粗糙抓草的笨手，裁詩裁得歪歪斜斜七零八落。」詩作合輯有《保險箱裡的星星》。另有《乾坤詩刊》前輩詩人訪問稿連載共十六篇，《文學人》前輩詩人訪問稿兩篇，以及二〇〇五年與「玩詩合作社」合辦個人之詩物件裝置藝術「行光合作用的口罩樹」、「玻璃心」、「愛情・轉經」，二〇〇七年「玩詩合作社」個人詩物件裝置藝術「散步邊境」與時空藝廊紀念廢名書畫展之攝影詩作品「伊．倚．椅」，二〇〇八年「門與窗的聯想」之攝影詩。二〇〇九年非詩密遊樂會詩物件「衣架詩」。二〇一〇年五行聯展——「色．窗」攝影詩。二〇一二年「秋之變奏」裝置詩及攝影詩展。二〇一三年「以愛之名」，製作手工書信詩。二〇一四年「沒有形容詞可以形容的字」，製作手工卷軸詩。二〇一五年「遇你，那些紛紛的塵埃」，與奴家輕鬆料理亭的分享，將詩寫在蛋糕盤上。

〈夜半瓣〉是一首俏皮有趣的詩，台灣俗話說：「一人一半，感情不散。」所以詩從啃咬水果開始，任何可以分吃的食物都要你一半我一半，以至於天體的秋與月，也要半半，這是詩意孳生的地方。上唇下唇的半瓣半瓣為圓，已經帶出情人的竊喜，臀部半瓣半瓣依偎半瓣，則是生活中的詼諧、戲謔，同時也提供了詩閱讀的樂趣，可以斷句在此，也可以斷句在彼，節奏因此也能配合語言與詩意的詼諧而有了妙趣。〈今夜，我為你洗澡〉則顯現老人社會中的親暱親情，我不讓你和疼痛為鄰，我不要你與疾病一起腐朽，萬般不忍下的事親行為，細膩有致，抒情趣品。

顏艾琳（一九六八——）

速度

山，退後
樹，退後
雲，退後
河，退後
人，退後
高樓退後
霓虹退後
夕陽退後
馬路退後
愛情退後
悲歡退後

歷史退後
…………
…………
時光退後
在一四〇的指數上
我駕馭著速度
如此看見
唯我
前
進
。

鑑評

顏艾琳，台灣台南人，一九六八年九月二十四日生，省立海山高工畢業，一九八八年發起成立《薪火》詩社，同時創辦《薪火》詩刊。曾做過電子工廠品管檢測、雜誌社編輯、採訪，一九八九年考入輔仁大學夜間部歷史系，一九九一年與友人共同創辦肢體劇團《貓劇社》，策劃校園公演街頭行動藝術。曾獲輔大文學獎新詩獎、創世紀四十年優選詩作獎。著有詩集《抽象的地圖》、《點萬物之名》、《她方》、《微美》等，個人雜記《顏艾琳的祕密口袋》。詩作曾入選《七十七詩選》，《台灣青年詩選》（北京版）。

顏艾琳寫作年代甚早，但崛起於八〇年代末期，白靈說她是：「用密碼說話的丫頭，熟讀童話，唐詩倒背如流，是文壇年輕的飆車手，奇形怪狀，活潑得有點瘋狂」。筆者則認為她的詩瀰漫著一股「詭譎、迷惘、奇異」的氣氛，喜歡抒發人類文明的冷酷（如〈廢墟日記〉），譜寫人間捉摸不定的愛情（如〈一場超現實的愛情預約〉）。想像奇妙，用語脫俗，善於捕捉戲劇的效果（如〈兩種睡法〉），織成個人詩創作續紛不凡令人嘖嘖稱奇的迷你世界。而她對小詩之創作也頗有收成，特引述〈早晨〉一詩如下：

大地的惺忪
是被樹葉中
篩下來的鳥
聲所滴醒的

短短四行，二十個字，雖然整整齊齊如豆腐乾，可是卻沒有半點束縛的感覺。而「篩」與「滴」兩個動詞穿插其間，尤其巧妙。

〈速度〉是一篇極具創意的視覺詩，是形容駕駛者高度快感的立即體現，前面一連串的「退後」，不僅是時空的移轉，同時也滲雜個人的悲歡與歷史情結，然而速度並非萬能，難以主宰一切。試想，如果一個人，永遠持續奔馳在茫茫無止境的跑道上，能把人間的一切扔掉嗎？本詩借速度而喻示人生之空幻無常，令人不無啟發。

唐　捐（一九六八——）

橘子和手

手剝開橘子，才知道橘子
也有指頭。橘子剝開手
才知道終日緊握的手其實
只在包裝自己的溫柔

橘子的酸澀還沒通知舌頭
手的羞澀，又何必向橘子
透露。只是摸索摸索
向溫暖潮溼的處所

橘子的腦中藏有堅定的念頭

非喉頭所能消受，手的執著
又豈是果肉所能逃脫

用手的激情餵飽橘子
用橘子的沉默洗手

鑑評

唐捐，本名劉正忠，台灣南投人，一九六八年生，高雄師大國文系畢業，目前就讀高雄師大國文研究所。曾獲中央日報文學獎學生組第三名，全國學生文學獎新詩組第一名、散文組第一名，南區大專文學獎新詩組第一名、散文組第二名，台灣新聞報文學獎新詩組佳作，聯合報文學獎新詩獎和散文獎。著有詩集《意氣草》、《暗中》、《無血的大戮》、《金臂勾》、《蚱哭蜢校王子面》、《網友唐損印象記：臺客情調詩》等。

向明認為：「唐捐的詩常常將精密詭譎的意象隱藏主題，使人讀來感到艱深，要層層剝蝕，貼膚的追蹤才能窺到它豐富的內裡。」（見《八十二年詩選》五十七、八頁）。

〈橘子和手〉，以橘子和手之間的互動，試圖探索人際的關係。此詩押韻，沖淡了二者之間辯證的緊張場面，情緒緩和許多。「手剝開橘子」是現實，「才知道橘子也有指頭」卻是超現實的隱喻，「指頭」可以是真實的橘瓣，也可以是擬設的手，事件在真與幻之間繼續辯證。因為

「橘子也有指頭」，因而才能繼續發展「橘子剝開手」，也「才知道終日緊握的手其實只在包裝自己的溫柔」，緊握的手，當然是拳頭，拳頭是力的象徵，但活動伸張的手，在剝橘子的那時卻是無限溫柔。這樣的辯證，使得單純的剝橘子的行動，也有文化上的意義，人與人之間的衝突與化解，得到合理的出路。

不過，不妨將此詩視為性愛詩，依據佛洛依德的泛性觀，手具有攻擊傾向，剝開的橘子有著女性意象，第二段的「只是摸索摸索／向溫暖潮溼的處所」更能得到合理的解釋。最後「用手的激情餵飽橘子／用橘子的沉默洗手」，則有著攻防雙方妥協的徵兆。唐捐的詩在不甚可解的意象背後，自有其文化上的思考。

林群盛（一九六九——）

那棟大廈啊……

「那棟完全由玻璃窗構築成的大廈必定禁錮著些什麼吧？」

站在遠處觀望的我低語，並迅速穿過匆忙而淡漠的人車進入大廈門口。找尋許久、竟連管理員也沒有。於是我走入唯一的電梯；卻發現這電梯只到頂樓……

走出電梯後我詫異的看到各色晦暗的燈光在附近走動著。前方不遠處有一排白色欄杆；上面雕刻了許多各種不同姿態的獨角獸、還有一些形狀奇異的，不知名的陌生花卉……似乎在欄杆下有些什麼祕密……

我疑懼的緩緩走近欄杆，驚駭的看到了一顆、一顆心——一顆超乎想像的、幾乎和大廈一般的巨大的心臟被放置在這棟中空的大廈，平穩的跳動著；從心上蔓延的兩根粗大的血管分歧出數萬根微血管繚繞糾結在大廈的內壁……啊，那似在沉眠中的，充塞整座大廈的心脈不正和我的心跳同頻且共鳴嘛？

我惶惑的看著在血管中流動的液體輕問：「那血管內流動著些什麼呢？」

欄杆上一隻流淚的獨角獸回答說：「流入心的是悲傷；流出心的是孤寂……」

鑑評

林群盛，台北市人，一九六九年八月廿五日生，光武工專機械科畢業後於美日兩國留學，攻讀室內設計、音樂、電腦動畫等科系，《薪火》、《地平線》詩社同仁，曾獲第四、五屆大成崗文學獎現代詩組首獎，復興文藝營詩獎，《創世紀》創刊三十五周年詩創作獎。著有詩集《聖紀豎琴座奧義傳說》、《星舞絃獨角獸神話憶》。詩作先後入選《七十六年詩選》、《七十七年詩選》、《七十八年詩選》、《台灣青年詩選》（北京版）等。

林群盛是八〇年代末期出現台灣詩壇的新聲音，據他自稱：「已經創作一二、〇〇〇首詩作灑向銀河，圍出了一個小宇宙的全長」。一九八九年十一月詩人獲得《創世紀》三十五周年詩獎，游喚曾以〈書寫的邊緣〉短文，試圖解讀林群盛的文本。他說：「現代詩的新型終於再跨出一步了。八〇年代末梢，出現林群盛寫的這種詩，才比較清晰地標誌多元書寫的風貌，以及文本的侵略擴張，文類的交揉試驗，意念與物質的矛盾對立，媒體與書寫的相互重疊，還有就是詩與非詩的相互指涉。」又說：「林群盛的詩不在理趣上用心，不在敘述上求字質錯置，而傾力用心於複寫圖象，完全溢出文字最初建構的客體物世界，可知他已跨越書寫的正統，而速速然拋向書寫的邊緣，臨企絕對隱喻的境界。即此一點，林群盛似乎已見證著一種詩的最大企圖之可能」。譬如我們讀他的處女詩集《聖紀豎琴座奧義傳說》，有人形容他是「極光流舞」（商禽），有人泛指他是「獨特的聲音」（向明），有人暗喻和他「在異次元中相遇」（林燿德）。但是林群盛還是林群盛，他以一種無邪之念，「挾帶著超重的愛與風景，失控地、向大家的眼球急速撞來」（顏艾琳語）。

準此，我們來看〈那棟大廈啊……〉，自然比較容易切入它的內裡。讀林群盛的詩，不宜句解，而重諸感官的同時綻放，當你置身這棟玻璃大廈，究竟有何穎悟，那得完全繫於你的靈視之狠狠鑑照。

王宗仁（一九七〇——）

周夢蝶

疾行／滅隱／燃燈／寒林／無諍／無記／能渡／能離

——陳綺貞〈周夢蝶〉，作詞：陳綺貞

夢見一首有關夢蝶的歌，冷洌的語系裡，蝶先展翅於多愁的領域後，跌落，埋於剔透的晶瑩中。

夢見一首有關夢蝶的歌，瑟縮的歌詞中，卻有校對不出的無數孤寂，紛紛降在已逝的跫音上，仿若毛羽輕觸萬籟後，復又俱寂。

夢見五峰山旁，有意象的大雪紛飛。菩提樹下，我想引詩於冰中取火，將長短句反覆搓揉。那老者，不，更像是個寡言的隱者，輕踏著似雪非雪的步履滑過，仰天微歎後，披著白色蓑衣，緩緩獨入林中深處；他再也沒回來過。

・原載二〇一四年八月十八日《聯合報・副刊》

父親・我的詩

父親寫詩。那時他還單身
敏感，矯健
且善於用典，從家傳有據的貧窮裡
深深地挖出一句句比況和譬喻
構設憂悒與快樂的比例，細微地
將青春積蓄

後來父親寫詩，像愛
母親的長髮和淺淺依賴
在歡愉的韻腳裡，找到最美的棲息

然後為陸續出生的數個篇章
命名，並賦予信仰

學父親寫詩時，我才剛明瞭家的意義
偶會失眠，心悸。每個擱淺的夜
自他鼾聲的複返中
父子彷彿可以交換數十年白晝裡
從未說出口的關懷和祕密

父親體內有詩，從二〇一〇年秋開始
那些在體內不斷與器官辯思
不斷轉移焦點的數十億個變異字
性惡，而無法卻除的量詞
帶出孱弱的懷舊病灶。每日早晨
他會掉入時差，於餐桌上與過往念叨
我們全都默默拌入碗裡
他不知道

在腫瘤挾持之下，這是全家人唯一能夠
確切贖回的少數春曉

然而父親啊！會是我永遠的詩
儘管在鼓噪盪激的世界裡
我就要逐漸
聽不見，他所輕聲念誦的自己

夏日街景及其他

——致陳澄波

又回到弧形的光中。那時
豔陽、廣場正以鼓噪的蟬聲
交換彼此的焦灼與期待

綠樹和電線杆像是情緒的擒縱

雖然分明，卻仍相互傳遞愛的語彙
小吃攤、餅店，有著被夢微波後的香
丹頂鶴和白鵝愜意地用童話故事
相互摩擦背羽。家人、家人
與所有親愛的家人，悠然賞閱時代的色塊
那是你嗎？微笑地，像樂高積木般
將苦難的時代，輕輕堆疊

很久很久以後，我們在文化館中相遇
還清楚看見嘉義街景停佇的光澤
以及蘊藏名詞、動詞的顏料
仍塗抹在史料斑痕間——
健壯且有線條的灌木
複寫著濃厚節奏感的地址
這就是你心目中的家嗎？我該不該
再試著多問一些。當然
你是不需回答的

那些有靈魂的方言、人情味的重量
會跟著我們長大，在交織的纖維布料中
以微甜光線與豐沛體溫
將台灣的方向，繼續鋪長

註：夏日街景、嘉義街景、嘉義公園、嘉義街中心，皆為陳澄波記錄他心中所愛——台灣及其縮影「嘉義」之作品；以上畫作皆收藏於嘉義市立博物館「陳澄波文化館」中。

鑑評

王宗仁，一九七〇年生，彰化人。東吳大學政治系畢業，玄奘大學中文系碩士。曾任職於彰化縣文化局等單位，並曾兼任大學文學講詩。早期詩作，論者認為：有意自生命中的殘缺與逼仄處尋找哲學，運用驚奇而濃重的視覺意象，創造出靈慾之間不斷迴旋的瘡孔與時間。曾獲台北文學獎、各縣市文學獎新詩獎，林榮三文學獎、全國優秀青年詩人獎，教育部閩客語文學獎台語詩獎、年度廣告流行語金句創作獎等獎項。新詩作品曾入選國立編譯館《青少年台灣文學讀本：新詩卷》、《中外華文散文詩作家大辭典》、《台灣文學英譯叢刊》、年度詩選（爾雅）、台灣詩選（二魚）等數十種選集。創作〈全國大專校院運動會會歌〉，獲大會永久使用的尊崇。多次獲得國家文化藝術基金會補助創作、出版。著有詩集《象與像的臨界》、《詩歌》等。

新詩創作之外，王宗仁也曾專注研究數學詩人曹開（一九二九—一九九七）的作品，著有《曹開新詩研究》（晨星，二〇〇七年），編選《給小數點台灣——曹開數學詩集》（晨星，二〇〇七年），《悲・怨・火燒島——白色恐怖受難者曹開獄中詩集》（行政院文建會，二〇〇七年）。

散文詩是詩還是文，有些論者喜歡在這種文類的分類上多加著墨，王宗仁卻選擇散文詩此一特殊的文類展現自己；流行歌是詩還是歌，現代詩要走向合韻的詩、還是不合韻的歌，詩壇多所爭辯，當大家還在迷惑誰是誰非的時候，王宗仁選擇出版自己的第二本散文詩集，則是緊密接合現代詩與流行歌的《詩歌》。台灣散文詩創作自有其傳承，第一代商禽，第二代蘇紹連，王宗仁可能是繼承此一正統脈絡的重要接班人，蘇紹連說他是新一代散文詩第一把號手，吹響了自己的聲音。在詩與歌的結合上，王宗仁原以為自己只是「在閱聽流行歌曲、歌詞之後，融會出屬於自己的散文詩作品，並在每一首散文詩之前引附該首流行歌詞的關鍵句，以創造出具流行歌詞風格的新類型散文詩」，擁有許多詩作改編為歌曲的向陽卻認為這是「一個優秀的散文詩人面對大眾流行歌詞的嚴肅對話；或者說，是台灣當代文學與大眾文學的情境對照。」

此處選錄的第一首詩〈周夢蝶〉即是《詩歌》內的作品，原歌是陳綺貞作詞，陳建騏作曲，歌詞一開始應用了許多二字詞：「疾行，滅隱／燃燈，寒林／無譁，無記／能渡，能離／憑空，造境／放手，光明／獨語，獨行／如夢，如寄」，足見歌詞作者已受現代詩寫作影響，內化閱讀周夢蝶詩的心象，轉為自己的歌詞，王宗仁又藉此歌詞與旋律為媒介，視覺、聽覺雙重震撼，再轉而為自己的散文詩，希望藉著歌曲的流通量，吸引更多的人閱讀、審思現代詩作品。疊合周夢蝶詩作、陳綺貞陳建騏的歌、王宗仁的散文詩，我們彷彿看著「那老者，不，更像是個寡言的隱者，輕踏著似雪非雪的步履滑過，仰天微歎後，披著白色蓑衣，緩緩獨入林中深處」……

李長青（一九七五——）

落葉（落葉系列第34首）

李清照：「春意看花難，西風留舊寒。」

雪地上
映著銀色月光
等待一個更深沉夜晚
將我掩蓋

水聲溶入
風輕輕掃來
潤飾含蓄的夢境

大寒時刻
收藏身上皚皚痕跡
閱讀陌生的背脊

已身處異地
等待一個更璀璨花季
將我深埋

開罐器

因為急於開啟鐵罐裡的風景……

我在罐面上鑽探，開罐器賣力配合著；那一道註定圓不了的弧線，慢慢的，被旋開了。

忽然，開罐器再也不動了。

「沒有溫柔；沒有幸福。」罐內傳來未知的聲音。

電風（台語詩）

日時暗暝
無故鄉的人
袂曉看黃昏的光線

轉來蹔去
世事已經吹盡

毋是溫馴抑是剛烈的節氣
毋是原汁原味的歌詩

有一寡話
永遠無法度自然

講出喙

鑑評

李長青，一九七五生於高雄，現居台中。國立台中師範學院特殊教育學系畢業，進入小學執教後，繼續進入中興大學、彰化師大攻讀碩士、博士。曾任台灣現代詩人協會理事，《笠》詩刊編輯委員，《中市青年》主編，靜宜大學台灣文學系兼任講師。現為《台文戰線》同仁，財團法人吳濁流文學獎基金會董事，靜宜大學文思診療室駐診作家。

著有詩集《落葉集》、《陪你回高雄》、《江湖》、《人生是電動玩具》、《海少年》、《給世界的筆記》、《風聲》等。詩作被翻譯成英、日、韓等多國文字，並選入國內、外多種選集。手稿由國家圖書館收入「名人手稿系統」。李長青詩作能兼具現代主義與現實主義，技巧不妨現代，關懷世間情的主題則屬現實主義，同時他也以華語、台語雙聲帶寫作，拓展他的寫作版圖。

《江湖》與《風聲》即為純台語詩集，《江湖》多寫內心世界，論者以台語論述他的特殊面：「一般人寫台語詩，免不了大聲呼喊，粗腳重蹄，好親像這卡是講台語、寫台文的唯一方式，這卡是台灣人講話的模式；一般咱所看著的台語詩，總是以鄉土題材為限，以本土意識為重，好親像台語詩簡那有一款面貌，簡那會當寫一項題材。即擺長青的《江湖》完全脫離一般人對台語詩的既定印象，消除台語詩就是「本土」、就是「鄉土」的限制，表現出台灣多元文化的特色，為二十一世紀的台語詩行出全新的路向，行出全面正確的未來。」《風聲》則關注外在環境，關於家國、歷史、族群、風土的省思，林央敏極為肯定他台語詩的成就，認為「他的台語詩一如他的中文詩，都很有現代主義的技巧和內涵，他擅長塑造意象與情趣的距離，使內容帶有一種隱晦感，朦朧，便是隱晦詩的特質，它是藝術詩的風格之一，也是李長青詩作的一貫風格。」

選入的三首詩具全他詩寫作的三種型態。《落葉集》是李長青的第一本詩集，爾雅出版，特別引發讀者關注，此處選錄〈落葉〉34，大約是所有落葉命運的象徵，困阨環境下自我的深自期許。〈開罐器〉是一首典型的散文詩，散文詩大都以毫無壓力的平白文字運行，直到最後給人意外的驚喜，李長青則在第一句就洩漏一點「風景」，引人遐想美好的可能，當然不例外在最末時讓人落空，罐頭終究是罐頭，所有循著軌道的思緒終究不會有奇蹟。〈電風〉是台語詩，普通話要加上「扇」字「電風扇」，此詩寫的是母語寫作的困境，難以達成「我手寫我口」、「舌尖與筆尖合一」，如水之順、如風之流那麼自然，此詩以老舊電風扇之搖曳生風，終不如自然風來得親和，以喻母語寫作時的躊躇心境。

鯨向海（一九七六——）

比幸福更頑強

枝椏間的一隻蜘蛛鎮日編織
我羨慕牠的專心
羨慕牠並不需要我的羨慕
忽來一場大雨眼看
要打斷我們今天的進度
牠瞬間接過了雨絲
無私地繼續織了下去

那時候我並不知道你會死

那時候我並不知道你會死
我甚至在你臉上看到了希望
花葉晃著，鳥鳴唱著
陽光燦爛成平淡無奇之姿
與世界通聯著

沒想到那是我們最後一次談話
你覺得已經痊癒了
不需要吃藥了
聽起來你的人生正要開始
原來你早已準備結束
窗外的美景縱然繼續運轉一千年
也不再使你任何片刻動心了

全身中箭過的回憶之小鹿
斑點掩飾著無數沉默的意味
我知道我們不能怪你
就像你也不怪我們
那些碎片與傷害
終究來不及光芒四射噼啪作響
順利突變成犄角

當你逆著千萬人的方向
孤獨往前走
我們卻沒有在你身邊
你在那一刻並沒有想到我們——
世局兩好三壞，無數高飛犧牲的什麼
你選擇將一切接殺

或許你正看著眾人為你哭泣

我們和你真的都盡力了
揮棒落空之處
你的宇宙
怎是誰說了算
就讓不了解的人去臆測吧
金融風暴，恐怖主義，世界末日
活著的人關心的事
都顯得不重要了

島嶼斷代，純黑且苦
遠方的逼逼聲一如往常
彷彿暗示著
再撐一下，再撐一下就可以
通過那閘門了
我真的一度在你臉上看到了希望……
嘆息如迷霧，淚眼如殞星
你的甜味漸漸消散於夜色中

那時候我並不知道你會死

尊敬夜晚

1 尊敬夜晚

可以做所有的事
也可僅做一件事

2 在鏡前

過去怎樣與那頭小鹿對望的下午
明日就長出怎樣的清晨之犄角吧

3 黃色內褲

月光洶湧
夜色無邊

今晚的內褲
是一台
呼之欲出的
黃色潛水艇
戀人們
都難以抵禦它的輝煌

4 致那顆蛤蜊

真是邪門啊
今夜你不肯為我開啟

5 空晚

這空晚
並不是真的空
一滴滴的時間
像是湯匙，舀著你

不可以忘記我

6 害羞

像是拉霸遊戲一般
同時間
你拉下了你的
我拉下了我的
這是多麼美好的事情啊

7 珍珠

真有你的，如此之緊
我本是一顆好粗的沙粒
你硬是把我擁抱著
化為珍珠

8 假裝

知道你看見了我的淚水
但你假裝沒有，維持禮貌
彷彿讀我的詩

9 怪物

我們都想寫出挽留眾人的詩
卻只能
以怪物的形象

10 致酷暑

偶然共用的同一根吸管是最神祕的航道

11 毛茸茸的睡意

那些看不見的野獸
紛紛趴在結實的胸膛上
凶猛的生活，吼吼

就要安歇

12 反光

像是烏鴉
喜歡會反光的東西
而我喜歡你
你也會反光
使我不再像是一隻烏鴉

13 某些情感

A
漸漸明白了
誰是更強大的震央
誰只是比較會晃

B

經歷了漫長的親吻之後
才發現原來
這只是一個普通的夜晚

14 所謂天涯

所謂天涯何處
就是釣不到魚蝦還硬凹的地方了
所謂海枯石爛
就是發不動機車還硬踩的人生吧

15 立冬

開始飄雨了
是誰在立冬呢
霧濛濛的想像
各地有不同涇涇冷冷的解讀
是你原諒了我

還是我原諒了你？
你已經不在我的懷裡

16 酩酊

這就是所謂濃度吧
一夜未睡的跌跌撞撞中
沿路女孩們彷彿正兜售著星星

17 某些力量

我總是懷著歉意
寫詩，只是
一再地，寫詩
並不需要
那些力量

18 純潔的早晨

純潔的早晨
沒有留下任何遺書
窗外雨水也感到不幸地
凋落著
默哀者在那寒意之間
仍不斷擺上鮮花——
這夏日彷彿將要傾塌

19 惡雨

惡雨滂沱中……
一旦我相信自己
外面的雨痕也隨之癒合了

徵友

我二十四歲。

趨近於楊喚詩裡白色小馬的年齡
未曾有過曠野一般的順風時刻
沒有陽光的字跡，潮溼而多黴菌
缺乏修改的血型
屬於曆書上未被拆封的星座
無信仰，眼睛有神
鏡子裡是最陡峭的胸膛，標示著
無數重點的夢
腳毛過長在西北雨的台北街頭
潦草的臉廓在失去候鳥的黃昏
充滿神諭地嚮往水流，以及
溜冰場的雪祭
曾經在一首詩中遺失了性別
初吻獻給一顆沒有方位的星星
實歲二，虛歲一百二十
寂寞的年輪運轉不休
多年來，原是走錯了星球

今在此沿海岸線徵友
你鋒芒而來
我將粉身而去。

鑑評

鯨向海，本名林志光，一九七六年生於台灣桃園。醫學系畢業後擔任精神科醫師。曾獲全國學生文學獎詩首獎，大專學生文學獎，全國優秀青年詩人獎，PC home Online網路文學獎首獎，台灣年度詩獎，吳濁流文學獎，中國文藝獎章等。出版詩集《通緝犯》、《精神病院》、《大雄》、《犄角》、《A夢》，散文集《沿海岸線徵友》、《銀河系焊接工人》等。

「經常讀到某些人描述創作觀，口沫橫飛但猶如表明自己寫作的一種框架。沒這個框架卻又不行。就像是自我介紹其實是一種框架，身分證啊信用卡呀各種證書獎座啊都也一個又一個小小的框架。想打破框架又想盡辦法維持它們，便是人生痛苦的來源。（以上也是一個框架）」簡介之類的東西是鯨向海所不想要的框架，所以，我們將他的人間資訊壓縮到最少，以他自己的詩間文字，讓讀者追索（或者不需要追索）。

關於打破框架，鯨向海還曾引述三個人的言語而不加一語：

紀弦：「詩的本質是……散文所不能表現的詩想。」

木心：「我的那些短篇小說都是敘事性散文。」
黃碧雲：「我是以小說來寫詩的。」

不打破框架，其實也是可以的，鯨向海提出「刪除術」：

「畢竟似乎得砍掉一臂，才比較可能練成黯然銷魂掌——當然也要砍對地方，不是每個人都非練葵花寶典不可。」
「很多時候，貪念使人不肯放棄（自以為）美好的句子，但絕不是所有的好料全擠在同一鍋，就是天菜。」
「沒事請變短，變短了也沒事。」

〈比幸福更頑強〉可以視為鯨向海寫詩的精神表徵，〈那時候我並不知道你會死〉則是作為醫師與詩人合體的少數證據之一，雖然這樣的證據對醫師或詩人都不重要。〈尊敬夜晚〉是「刪除術」的成果，是「刪除術」的見證，其實更是鯨向海的性格裎露。〈徵友〉，觸發了他的散文寫作，依據他引述的紀弦、木心、黃碧雲的話，那些散文未嘗不是說得更清楚的詩。

林德俊（一九七七——）

四方形的夢

——為「You are not alone」貼紙所寫的註腳

從事新移民、移工服務的友人，那天遞給我一疊貼紙，每一張貼紙上頭，以越南文、泰文、印尼文、菲律賓文、柬埔寨文及英文，並陳「You are not alone」，加上一句中文「善待在台每一人」。

移動的車廂
搖晃的工寮
陰冷的宿舍
密閉的窗戶
汗溼的皮夾
皺褶的照片

一個四方形
駛向
一個四方形
照映
一個四方形
打開
一個四方形
風乾
一個四方形
抽出
一個四方形

途經一個廣場
一屁股坐了下來
泡麵一樣泡著那些
吸飽了鹽長長短短的日子

躺在懶洋洋的夢境
一下子便回到
兒時奔跑的家屋

收訊不良的手提音響
忽然飄出一首熟悉的母語情歌
大夥跟著哼唱了起來
明顯地走了調
風雨過境
也趕不走

停・看・聽

【停步片刻】——輪椅天使

我的一雙手

推著我的一雙腳
上坡下坡直行轉彎開門關門
在電梯門口煞住
等一部南瓜馬車

嘉年華會的人海
如果可以
被神的一雙手撥開
於兩旁列隊歡迎
我的穿越

我的一雙腳
有人說是一對輪子
不如說是一對盤子
右邊太陽左邊月亮
都是特別訂製的獎牌

我的一雙腳
除了剛硬的質地
與你的沒有太大不同
只是習慣走在眾人視線之外
被誤以為
我在躲藏

往前走的一雙腳
遇到石頭不閃避
會停下來看看它滄桑的臉
遇到小花不踩過
會請它親吻我的腳趾頭

我的一雙腳
也會因為用力奔跑而磨破皮
也會有秋天的痠痛
需要擦乳液按摩

否則明天定會咿咿呀呀地哭泣

我的一雙手
撫著我的一雙腳
當它無來由地
承受我在人間的重量

．我的兩位輪椅天使朋友，帶我認識了障礙世界的形貌，她們與我在同一個城市裡生活，踩出的腳步是如此不同。

【看見攤開的沉默】——聽障少女

世界是一幅流動的畫
唯我靜止
在這裡
不知過了多久
睡著在五線譜上

成一個休止符

我是迷路的小孩
是報紙攤開
掉進牛奶杯的那個白字
無人發現
這無心的逃逸

逃開喧囂一生的噪音
逃開竊竊私語
逃開南腔北調
逃開髒話廢話與空話

逃不開
一捲沉默的錄音帶

我的親人告訴我

安靜恰是上帝的致詞
我的愛人告訴我
那是極簡主義的行動藝術

我必須安於我的靜止
在靜止裡舞蹈
據說如此
才能說得更多
更遠更接近
一種可能的遼闊

・聽障少女Aneta Brodski是紀錄片《手語尬詩》（Deaf Jam）的女主角，以美國手語詩表演，建立聽人與聾人的立體化溝通，以色列裔的她與巴勒斯坦裔的聽人，打破種族及宗教藩籬，合作創造出一種新型態的滿貫詩（slam poetry）。

【聽我的幻想如此即興】——盲人鋼琴手

我在台下幻想
你的一百雙手
攀在黑白琴鍵上
小心翼翼而其實不
這條登頂的小路
你日夜徘徊
閉上眼都能抵達……
（我幻想你閉上眼）

你在台上幻想
鋼琴的黑白其實彩色
耳朵秤出環肥燕瘦的音符
輕輕地抓在掌心
你伸出指尖
在空氣中畫出一隻鴿子
一隻海豚或其他……

（你幻想你睜開眼）

我幻想不出舞台上
那些飛來的回聲是扁平或立體
來自多深的山谷多長的海溝
閉上眼
我看見你站在鋼琴的懸崖
不等眾人思索
該用什麼樣的手勢接住你
你已縱身一躍

．張晏晟患有天生視障及腦性麻痺等多重障礙，為青年鋼琴家，獲得多項音樂大賽獎項。我在二〇一一年台大杜鵑花詩歌節聽他演出蕭邦的幻想即興曲op.66，當時他就讀於台中啟明高中。

鷺鷥

極簡主義的村姑
堅持低調奢華的白
把繽紛色彩禮讓給彩虹

麻雀吱吱喳喳
你不為所動
就這樣
把世界安靜了下來

鑑評

林德俊，筆名兔牙小熊，人稱小熊老師，一九七七年生於台中。政治大學社會學碩士。曾任職《聯合報》副刊組，主編繽紛版。二〇一四年回鄉與妻子韋瑋（陳靜瑋）在霧峰開設「熊與貓咖啡書房」，自任創意總監，兼任台灣藝術大學散文及新詩課程講師，靜宜大學寫作工坊、故事行銷及報導文學課程指導老師。目前於家鄉台中霧峰推展在地文藝復興和友善土地社區行動。長年為《國語日報》、《聯合報》、《幼獅少年》、《幼獅文藝》、《明道文藝》等報刊撰寫論評、教育專欄。曾獲五四文藝獎、林榮三文學獎、帝門藝評獎等。著有《成人童詩》、《樂善好詩》、《遊戲把詩搞大了》、《玩詩練功房》、《愛上寫作的一一種方法》等書。

他自稱是「從夢中醒來而後成為詩人，追求一種簡單而深刻、平易而不凡的詩風，立志作一個呆板城市的塗鴉混混、秩序世界的不良少年。」曾策劃許多跨界活動，詩化台北，如台北詩歌節「二〇〇三跨界遊藝新詩物件展」（中華民國新詩學會主辦）、二〇〇五台北國際詩歌節「詩市集：玩詩怪ㄎㄚ的異想世界」（台北市文化局主辦）、「帶詩走入城市社區」（乾坤詩刊社主辦、台北市文化局補助），策劃台北寶藏巖國際藝術村「詩引子」裝置展、「光之詩」文學點燈展等跨界文創活動，創辦阿罩霧文學節，並參與文學社團：死詩人社、乾坤詩刊社、玩詩合作社、林家詩社、吹鼓吹詩論壇等。

〈四方形的夢〉，是為「You are not alone」貼紙所寫的註腳，近二十年台灣有大量外籍移民、移工、新娘，完全相異的語言、習俗，多元呈現，人數最多的漢族如何和善對待、親睦相處，這樣的社會現象如何記錄，這樣的社會經驗如何移轉？林德俊的新詩以四方形為喻，駛出第一步，期望這夢能在台灣社會滾動起來。〈停・看・聽〉選了一個現成詞彙為題，為行動不便、聽力受損、視力有礙的朋友在大都城的活動空間提出友善呼籲，語氣和婉，維持優雅的詩姿勢，終止了社會寫實詩聲嘶力竭的吶喊時代，並在現實中實踐自己的呼籲，霧峰「熊與貓咖啡書房」雖小，即採完全無障礙設計，連廁所都擴大兩倍以利輪椅迴轉。相對於這兩首社會公益詩，〈鷺鷥〉則單純詠物，但納入「把世界安靜了下來」的內在思理，唯有這樣的認知才能冷靜關注鬧哄哄的社會。

林婉瑜（一九七七——）

這個下午和你一起

我的身世藏在背後
像一塊影子
有時顯現
然而那些滄桑
並不值得在意
我走過很多崎嶇的轉折
才來到這裡
這個下午
和你一起

我的眼淚乾涸

成為一道
隱形的痕跡
而那些苦痛
並不值得在意
我通過無數迷宮的死角
才來到這裡
這個下午
和你一起

赭黃的下午
熱帶橙的下午
珊瑚紅的下午
亞麻色的下午
時間讓我的心臟長出了皺紋
我們彼此依靠的身形
長出了薄薄的影子

對與錯

你的藥是錯的，可是你的病是對的
你走的路是錯的，可是你的目的地是對的
你的流浪是錯的，可是你沿路唱的歌是對的
你愛的人是錯的，可是你的愛是對的
太熱的天氣是錯的，可是毛大衣口袋裡的鑰匙是對的
你做的惡夢是錯的，你的夢遊路線是對的
你彈的曲子不合時宜，可是那些音符是正確的
經常的挫敗是遺憾的，可是從挫敗中誕生的詩是對的
徹底的黑暗是錯的，那些僅剩的星星是對的
正襟危坐是錯的，整夜跳舞是對的
你犯的罪是錯的，可是不完美的人生才是對的

愛的24則運算

——這首組詩以24則小詩構成，每則小詩都寫入一種數理概念如：絕對值、無限循環小數、等差數列等比數列、立方體、概數、反曲點……等，是台灣的數理教育曾經教過的概念。

1

你的多邊形靈魂
有我無法確定的形狀
那種難以探測的曲折
絕對不是正多邊形

2

日光帶來等差級數的溫暖
雨水的鋒利
卻是等比級數

3

那些重複來探看的海浪
一遍一遍
削薄了沙灘
細碎流金般的沙子
其實是小小的立方體

4

始終難以辨明
閃電的速度，和雷聲的速度
何者較快
當你說愛我的時候
我以為聽錯了

5

我們本會永遠平行
為了和你遇見
故意讓自己歪斜

無限延伸後
你我終於出現了交錯的機會

6

窮盡愛與不愛的追問
得到無限循環小數
你愛我你不愛我、你愛我你不愛我……
永不結束的迴圈

7

我的快樂除以我的悲傷
以為會得到幾倍幾倍的結果
得到的商
卻只是一

8

也有驚喜的時刻
漫步在不規則的城市地圖中
走完直角三角形的底邊和斜邊時

右轉
發現靠在直角旁等待的你

9

像彩虹那樣炫目的拋物線
其實是許多許多，細小的雨霧，飄浮著

10

兩雙鄰邊分別等長，是鳶形
簡單說，就是風箏的形狀
風箏在天空飛
是我給的信號
凝視同一片天空的你，會看見

11

打開窗戶
遠闊的天空，漫漫無邊的日子
是發散數列
但無論看著哪裡

眼睛的注意力
始終以收斂數列的方式
向你集中

12

生活散漫
愛卻如此絕對
為深信不疑的事物
加上絕對值符號
使它最後呈現的結果
永遠是大於零的實數

13

當我們不斷地產生
衝突和摩擦
最後磨合成
拘謹的圓形
有時，也突然想念

那些鋒利的銳角和筆直邊線
都到哪裡去了？

14

你下垂的嘴角
有我害怕去理解的情緒
用食指做出反曲點
從這裡開始
就微微上揚好嗎

15

並不十分愛我
卻把我當作
你的女人
所謂概數
就是四捨五入
放棄了追究細節的權力

16

想以開根號的方式
壓縮
你臉上巨大的猶豫
但，開根號是我的弱項

17

始終為了
誰才是圓心的問題而爭執
可能我們都是圓心
但，卻是距離太遠
連切點都沒有的兩個圓

18

貼在你的胸膛聆聽
怎樣讓你的心跳速率
和我的一致？

19

看見你時
想掩飾臉紅
想掩飾體溫驟升攝氏0.176度
（等於華氏幾度？）

20

因為重力加速度
每一顆雨
打在身上
都是疼痛的

21

我所擁有的
減掉我失去的
答案是負數

22

日晷可分成：
水平日晷、赤道日晷、垂直日晷……

如果陽光始終在我背後
朝你出發的時候
我的影子
會先抵達你

23

第三象限　第一象限　第二象限
仔細計算
靈魂被占領的區域

24

十六分之一　八分之一
四分之一　二分之一……
我正慢慢失去你

鑑評

林婉瑜，一九七七年生，台中市人，畢業於台北藝術大學戲劇系，主修劇本創作，曾獲台北文學年金、林榮三文學獎、時報文學獎、《二〇一四台灣詩選》年度詩獎等。著有詩集《剛剛發生的事》、《可能的花蜜》、《那些閃電指向你》，編有《回家——顧城精選詩集》（與張寶云合編）。

其詩文字簡練平易，卻能承載深重情感與思想，題材多樣，除愛情、親情之外，常在時間、記憶、想像、慾望和身體之間徘徊，因而常有慧黠的創意，迷人的想像，女性論者看見她的「舉重若輕」、「避重就輕」、再生能力，柯裕棻評述林婉瑜「平凡處她說要有詩，就有了詩的火花。」說她內蘊強大的顛覆與復生之力，能使用陰性隱喻，不刻意堆砌，卻有無堅不摧的柔婉與真誠，輕易翻轉原本強大的陽剛符號。男性論者白靈則看見她詩中的重：「只有詩，才能用三言或兩語，為我們臨摹出愛情的降臨與告別、愉悅與傷痛，彩繪出愛神如閃電般飄忽不定、如巨崖樣重壓我們心頭的形體……林婉瑜的情詩即是其中的佼佼者。」

〈這個下午和你一起〉，應該及時捕捉的是當前的愛的氛圍，關於身世、滄桑、崎嶇轉折、眼淚、苦痛、死角、心臟皺紋等等，就讓它晾在一邊，在愛情之前，和你在一起的這個下午，所有重的苦難也都該輕盈起來。——這是避，還是舉？愛情面前，對與錯的兩端，本來就是有趣的衡量，〈對與錯〉這首詩以列舉的方式，對比的型態，試著給出療癒的藥方，是否有效？似乎並不重要，重要的是讓陷入漩渦的人有了一根可以暫時喘息的浮木，有了兩個並不那麼截然相對的方向可以思辯：「你愛的人是錯的，可是你的愛是對的」，「你做的惡夢是錯的，你的夢遊路線是對的」，真假已迷離，對錯也一樣撲朔，詩人卻讓你擴大思考的空間，愛的空間。

〈愛的24則運算〉，更是跳開二擇一的相對論，可以運算出更多的可能，人生（不只是愛情）更為開闊了。林婉瑜在這首詩中活用數學裡可用的公式、算式、方程式、名詞定義，是數學詩人曹開（一九二九—一九九七）之後最為活潑的數學詩，這或許就是柯裕棻評說的「輕易翻轉原本強大的陽剛符號」。

楊佳嫻（一九七八——）

鎮魂詩

不要靠近牆
它在抄寫我們的臉
不要走過樹下
它會糾纏我們的鞋履
不要相信雨季，啊那些透明
單調的小石在額頭上
擊出許多凹痕

水面下一切都平等
且平靜
也許我們交換手足，眼睛，

將頭髮編纏在一起如同連體嬰
或者你將生出背鱗
我將發現耳邊有腮
在漂忽，逐流的時刻裡
醒著也等於睡著

睡著了以後夢見醒來
死去以後仍瞻望雲的步伐
把房子蓋在最遠的岸
燈光瞬逝，椅腳折斷陷落
書倒立而園圃
開始種植自己
瓦盆尚未退霜，鐵鏟有痂，
蟲豸如時間貼面而飛
瑣碎，且搔癢
有時候也聽見諸神翻身微響

當我們終於試著遺忘，啊攤開
如一張虛無的紙
擦過如炭的宇宙
大星升高如軍樂手小喇叭上的輝光
當那久遠一觸，真久遠如
一則肯定的箴言
從寫出來到被遺忘——
那洋流總是徒勞
一張朽爛的羊皮地圖
魚骨的信物也將銷磨為末

而誰能夾躡出對方的靈魂？
當我們駕駛著單桅帆船
在不同的玻璃瓶內
你有你的手勢
我有我的火光

在古典的課室中

黃昏，一萬支褪色的
光的羽毛向鐘樓背後沉落
電線輕輕晃動，幾隻雀鳥
正紛錯飛去

穿行過圓拱長廊
牆上布告層層疊疊
新白的，泛黃的，風中乾燥地拍響
踩著自己的影子宛如一處
傾斜的晷儀
你說，時光如此漫漶
甚至無法辨認情感的刻度

厚重的柱頭裝飾
窗框典雅瘦長像一名
性情板滯的英國男子
你攜我款款步下青春的樓梯
地磚陳舊，無數手澤蹭磨以致
石質寬版扶手微微發亮
課室內還有你躑躅的身影嗎
光潔的黑板上，沒有一點字跡

以後你再回想此地
我是其中褪色的壁畫
或僅僅是一縷難以捉摸的氣息
你的現實，殖民地的夢
你和你的城市濃縮
變成藏書中
最深僻的典故

隱約有船引擎隆隆犁開寂靜

鑑評

楊佳嫻，一九七八年生，高雄人。台灣大學中國文學系文學博士，清華大學中文系助理教授，多年來一直與鴻鴻擔任台北詩歌節策展人（二〇一一—二〇一六），最近並擔任華文朗讀節協同策展人（二〇一五—二〇一六）。博士論文《懸崖上的花園：太平洋戰爭時期上海文學場域（一九四二—一九四五）》，由國立台灣大學出版中心出版，因為浸淫上海文學場域時間久長，自承受魯迅、張愛玲、楊牧等前輩作家影響。著有詩集《屏息的文明》、《你的聲音充滿時間》、《少女維特》、《金烏》，散文集《海風野火花》、《雲和》、《瑪德蓮》、《小火山群》，編有《青春無敵早點詩》（與鯨向海合編）、《港澳台八十後詩人選集》等。

其詩作被評論家唐捐認為是古典與尖新的結合。《中華現代文學大系（貳）詩卷》（九歌）、《新詩三十家》（九歌）兩本權威詩選集中，楊佳嫻都是最年輕的入選者，與鯨向海同為網路世代的指標性詩人，鯨向海說她「敢愛敢恨的性格，造就了她『愛與哀愁同等獨裁』的詩帝國。」有趣的是，二〇一三年出版的《金烏》為楊佳嫻第四本詩集，全書共七十首詩作，以十年前第一本詩集《屏息的文明》為底本，減去十首，增添十七首新作，新舊混同，重新編排而成。鯨向海二〇一二年出版的《犄角》也是鯨向海的第四本詩集，也是為了紀念鯨向海的處男詩集《通緝犯》，選取部分將之化約重組，與十年來新寫或未發表的詩，新舊口吻交錯，「對位纏繞如織物，嫁接繁殖如新品種」而出版。都是新舊混同，基因重組，自體繁衍，詩藝隨時更新、翻轉，都期待自己的作品可以超越當時的時空，與時俱進？

最早，論者認為「佳嫻鍾情於傳統的詩法，煉字成金，以其成熟醇美的文字底子，張耀她正統的詩傳一派，並得以將固定指涉之語予以新義轉化，以決絕的態度製造參差多變的場域，結合傳統詩詞文字綻放出斑斕的美學。」所以，此處選入她的〈在古典的課室中〉。另一首〈鎮魂詩〉則出現許多新世代鮮活的意象，如「牆」——「抄寫我們的臉」，「樹下」——「糾纏我們的鞋履」，「魚骨的信物」——「銷磨為末」，清新如三月的春氣，令人鼻孔一亮。〈守候一張香港來的明信片〉，同樣彰顯出台灣、香港的華人世界，政治歸屬的瞻望、不確定，潛存的憂慮。

一九九五年初版跋：

為新詩寫史記

張　默

1.

清明有味的好詩，雅俗共賞的選本。

《新詩三百首》於一年前開始策畫之初，兩位編輯人即秉持此一共識，踏破鐵鞋，夙夜匪懈，到處去尋覓一世紀來中國新詩各個時期各種風貌的精品。

然則，什麼樣的新詩才是好詩呢？好詩究竟含括哪些質素？

概而言之，一首詩是一個茫茫無垠、自成一體的新宇宙。它是思想的海、語言的海、意象的海、感覺的海、生命的海、節奏的海……的綜合展現。

一首詩更是諸多手法、技巧的集大成。它是思與感、情與景、意與象、聲與律、形與色、剛與柔、虛與實、巧與拙、急與緩、疏與密……的自然融會，期能臻至和諧、絕對、統一、完整之美的藝術新境。

中國詩一向尊重抒情傳統，儘管自一九一七年以來，詩潮體質不斷演化，語言風格不斷蛻變，觀念技法不斷創新，不論抒知性、感性之情，或者抒小我、大我以及無我之情，它的本質與基調，絕對脫不了一種浩瀚廣袤抒情的本色。但就純粹藝術的創造而言：「這一代中國詩似應闡幽抉隱，傳達歷史的精神面貌，把詠史作品推進到哲學的層次，重探歷史背後的意義與人性在時間裡發散的光芒，而不僅僅是一種歷史的複製。」（瘂弦語）是以編者對於某些深具歷史意識，充滿磅礡氣勢而又精緻無比的詩篇，豈能輕易放過。

2.

閱讀，唯有孜孜不倦的閱讀，才是從事編輯這部書的不二法門。自去年五月到十一月，我們分別披閱了近八十年來海內外出版的各類新詩大系、詩選本、個集以及有關文學期刊和詩刊近三千種，從數以萬計的詩作中仔細挑選，比較推敲，去蕪存菁，初選工作於十二月初完成，計選出四〇八家的二四二五首詩作，每家入圍三首到十二首不等，再經過複選、準決選、決選三階段，最後選定二二四家三三六首詩作（含組詩）納入本書。同時將本書區分四卷，即大陸篇（前期）、台灣篇、海外篇、大陸篇（近期），如此劃分，旨在便於讀者的閱讀，進而了解本世紀中國新詩萌芽、成長、發展的脈絡。

本書定名為《新詩三百首》，之所以強調「新詩」而不用「現代詩」，蓋新詩為「五四」時期一些前賢所創導，是對舊詩的反動，惟有「新詩」可以含括以後發展的「白話詩」、「新詩」、「現代詩」、「朦朧詩」、「後現代詩」等等。何況本書作者概括二十世紀海內外華文詩作的精華，選用《新詩三百首》為書名，頗有直追《唐詩三百首》的意圖。

本書編輯之初，曾經訂定一些入選扼要的原則，俾利作業——

- 重讀海內外各時期被肯定的佳作名篇，再予認定其詩藝的價值，作為是否入選本書的參考。例如早期聞一多的〈死水〉，徐志摩的〈常州天寧寺聞禮懺聲〉，廢名的〈海〉，戴望舒的〈我思想〉，卞之琳的〈斷章〉，穆木天的〈蒼白的鐘聲〉，蘇金傘的〈頭髮〉，辛笛的〈手掌〉……，均能穿越一甲子時間的沖洗，依然閃爍其一股冷麗、灼灼的光華。
- 原則上以收入百行以內的短詩精品、能代表個人風格為主，特殊例外者選錄一、二首作為範例，方思的〈豎琴與長笛〉，計二〇八行，即是在此種考量的情況下敲定。
- 詩作內容題材不限，特別重視一首詩整體的完美：諸如語言之準確，意象之統一，氣氛之和諧，感覺之犀利等等。
- 不論名家或新秀，凡展現新形式、新觀念、新視角的詩作，本書當作適度之選擇：如紀弦的〈阿富羅底之死〉，昌耀的〈斯人〉，白萩的〈流浪者〉，錦連的〈轢死〉，管管的〈荷〉，羅青的〈吃西瓜的六種方法〉，梁秉鈞的〈靜物〉，黑大春的〈密封的酒罈〉，林彧的〈單身日記〉，夏宇的〈腹語術〉，于堅的〈墜落的聲音〉，林燿德的〈蚵女寫真〉，顏艾琳的〈速度〉……等。
- 對於某些雖有創新企圖，而表現混沌晦澀，令人無法進入、理解的作品，一概放棄。
- 除了上述五者，當然還有其他可述的以及不可述的因素，也作為編輯人思考入選與否的依據。

編者不敢自詡，本書所選詩作每一首都在九十分以上，但絕對肯定它們各自具有個人獨特的風貌，值得愛詩人從各種角度去細讀、剖析與思考。它們的確可以顯現本世紀中國新詩「包羅萬象、川流不息」的風景。

3.

鑑於過去若干詩選本之偏執，以「假大空」的外表取勝，從而確立一種嶄新而富創意的新觀念，那就是「詩質」的朗朗提升。本書強調「精選」、「慎選」與「少選」，即每一詩人入選詩作最多者以五首為上限，通常絕大多數選一首或二首，其實祇要被選入的詩作擲地有聲，能經得起時間嚴酷的考驗，則一首足矣。陳子昂以四句〈登幽州台〉而輝耀千古，就是顯例。

本書設計每家詩後的鑑評，應是一大特色。鑑評採三段式進行，即開端為作者小傳，中段對作者的綜評，其後為入選詩作的鑑賞、詮釋或提示，每篇從八百到千字不等。編者在這項工程上花費時間頗多，參考資料難以統計，每有引用，均註明作者或出處。除「台灣篇」大部分由蕭蕭撰寫，其他各篇均係筆者執筆。我們認為這部「貫穿百載」的詩選本，雖由兩位編輯人執編，但入選全部詩作均係寶貴的文化遺產，更應珍惜。因而歷年流傳下來的評詩文字，似不宜任其在發黃的書冊中荒廢，透過我等適切的運用，為讀者解惑，使人受益匪淺，更能彰顯某些詩人在歷史中留下的各各不同獨立的身影。本擬在卷末列出所有參考書目（約四、五百種），可能更增加本書的製作成本，轉嫁給愛書人，不得已而作罷。但對於歷年為新詩評論默默作出奉獻的先賢、當代詩評家或新秀，我們在此謹致無上的謝意。

當然編者在鑑評中發揮個人的意見亦屬不少，究竟我們如何看視二十、三十、四十年代的詩，抗戰期間的詩，台灣日據下的詩，海外詩人的詩，以及現階段兩岸詩人的詩，本書確為廣大讀者提供了一些真實而有系統的史料資訊，可供參考。

4.

信然，《新詩三百首》這部書，確是一樁相當艱鉅浩大的文學工程，憑著筆者和蕭蕭一年多焚膏繼晷、未敢懈怠的毅力，全書即將呈現在廣大讀者的面前，編者的心情愉悅而又惶恐，自是希望所有的好詩都未遺漏，我們評詩的眼光沒有盲點，然而八十年來一代接一代中國新詩人猶之滿天星斗，僅僅「台灣篇」即有不少詩人未獲選入，但我們自認編選的態度十分客觀公正，理應選擇的好詩多已納入，那麼就讓它放眼向詩的汪洋大海吧。

余光中曾說：一部好的詩選是「傳後之門，不朽之階」。本書是否被他言中，端視其本身所營造的藝術魅力究竟有多大，它能與時間並駕齊驅嗎？

本書在編選期間，九歌出版社發行人蔡文甫的大力支援，動用人力物力不計其數；編輯部更是全力配合，於預定時間內完成；有關大陸新詩資料，西安沈奇代購各種新詩大系、選本、個集、鑑賞辭典達兩百餘部，即時寄達；葉維廉自美返台攜帶二十、三十、四十年代不少絕版選集和史料；陳義芝惠借兩大冊厚厚的《後朦朧詩全集》（大陸版）；尤其余光中撥冗為本書作序，理路清晰，旁徵博引，娓娓帶領愛詩人進入新詩的花圃；《聯合文學》月刊第一二八期（一九九五年六月號），在初安民的主導下，以詩人節特輯方式，抽樣選刊本書作者鑑評廿四家，先期向廣大讀者介紹，引起不小的迴響。所有入選詩作，均經作者簽訂同意轉載書，由九歌出版社永久刊行；以及海內外眾多詩人老友提供必要的協助，俱使編者感激莫名。……

筆者結束本文之時，眼前突然閃現洛夫一段深切動人的話，特引借之：「身為中國詩人，每當面對如此深厚綿長而浩瀚無際的詩傳統，我們時或不免有跨出泛黃的冊頁，站在歷史的封面上睥睨四顧，而後作豪情萬丈的長嘯。」願海內外的新詩讀者，大家何妨一齊燦然以關愛的心情，一傳十，十傳百，百傳千……的高舉著《新詩三百首》，擴大它的優點，發現它的疏失，畢竟它是本世紀海內外中國新詩人共同凝聚的心血。

——一九九五年八月八日於內湖無塵居

附錄：

《新詩三百首》百年新編版總目錄

卷一：五四時期（一九一七——一九四九）

徐志摩（一八九七——一九三一）再別康橋、常州天寧寺聞禮懺聲
王統照（一八九七——一九五七）鐵匠鋪中
王獨清（一八九八——一九四〇）但丁墓前
聞一多（一八九九——一九四六）死水
穆木天（一九〇〇——一九七一）雨絲、蒼白的鐘聲
俞平伯（一九〇〇——一九九〇）憶
李金髮（一九〇〇——一九七六）棄婦、里昂車中
冰　心（一九〇〇——一九九九）繁星、春水
廢　名（一九〇一——一九六七）海、街頭
朱　湘（一九〇四——一九三三）葬我
戴望舒（一九〇五——一九五〇）雨巷、我思想、我用殘損的手掌
馮　至（一九〇五——一九九三）蛇、十四行
臧克家（一九〇五——二〇〇四）老馬、生命的叫喊
李廣田（一九〇六——一九六八）燈下

卷二：域外篇（一九四九——二〇一七）

卷三　台灣篇（一九二三——二〇一七）

九歌文庫 1246

新詩三百首百年新編（1917-2017）
台灣篇2

主編	張默、蕭蕭
執行編輯	鍾欣純
創辦人	蔡文甫
發行人	蔡澤玉
出版	九歌出版社有限公司 臺北市八德路3段12巷57弄40號 電話／25776564・傳眞／25789205 郵政劃撥／0112295-1
九歌文學網	www.chiuko.com.tw
印刷	晨捷印製股份有限公司
法律顧問	龍躍天律師・蕭雄淋律師・董安丹律師
初版	2017年2月
定價	480元

書號　F1246
ISBN　978-986-450-107-6
（缺頁、破損或裝訂錯誤，請寄回本公司更換）

版權所有・翻印必究　Printed in Taiwan

國家圖書館出版品預行編目(CIP)資料

新詩三百首百年新編. 臺灣篇 / 張默, 蕭蕭
主編. -- 初版. -- 臺北市 : 九歌, 2017.02
冊 ;　公分. -- (九歌文庫 ; 1245-1246)
ISBN 978-986-450-106-9(第1冊 : 平裝). --
ISBN 978-986-450-107-6(第2冊 : 平裝)

831.86　　105025294